Harald Parigger
wurde 1953 in Flensburg geboren und lebt in der Nähe von Rosenheim. Nach dem Studium der Geschichte und der Germanistik arbeitete er als Lehrer und anschließend im Haus der Bayerischen Geschichte. Heute ist er Leiter eines Gymnasiums in München. Im Egmont Franz Schneider Verlag hat er schon viele Kinder- und Jugendbücher veröffentlicht, darunter die Romane *Der schwarze Mönch* und *Die Hexe von Zeil*, die von der Deutschen Akademie für Kinder- und Jugendliteratur als „Buch des Monats" ausgezeichnet wurden.

Der TURBO-CLUB

Harald Parigger

Trucker-Joe sieht rot

Schneider Buch

Die Deutsche Bibliothek – CIP-Einheitsaufnahme

Parigger, Harald:
Der Turbo-Club / Harald Parigger. – München : Egmont Schneider

Bd. 4. Trucker-Joe sieht rot. – 2001
ISBN 3-505-11306-9

Dieses Buch wurde auf chlorfreies,
umweltfreundlich hergestelltes
Papier gedruckt. Es entspricht den
neuen Rechtschreibregeln.

Der Schneider Verlag im Internet:
http://www.schneiderbuch.de

Titelbild: Bernhard Förth
Umschlaggestaltung: ART-DESIGN Wolfrath, München
Lektorat: Birgit Meyer
Herstellung: Gabi König
Satz: Ludwig Auer GmbH, Donauwörth
Schrift: 11˙ Walbaum
Druck: Presse-Druck, Augsburg
Bindung: Conzella Urban Meister, München-Dornach
ISBN 3-505-11306-9

1 2 3 4 5 6 7 8 / 02 01

Inhalt

Ein Cowboy der Landstraße

„So, das wär's." Zufrieden legte Michael Schumacher, genannt Terminator, die Ratsche aus der Hand und stellte die Hydraulik der Hebebühne auf „ab". Langsam sank das silberne Mercedes-Cabrio nach unten.

„Der läuft wieder, als ob er frisch vom Band kommt."

Bewundernd ließ Andi Wallner, Mitglied des Turbo-Clubs, seine Blicke über die schimmernde Karosserie wandern.

Baujahr 78, aber eins a in Schuss, kein Kratzer, kein Fleckchen Rost. Viereinhalb Liter-Motor, elektrisches Faltdach, rassige Speichenfelgen, innen schwarzes Leder und Wurzelholz. Das war ein Schlitten – zum mit-ins-Bett-Nehmen!

„Wie wär's mit 'ner kleinen Probefahrt?", fragte Andi hoffnungsvoll.

Terminator schüttelte den Kopf. „Geht nicht, leider. Ich bin mit Natascha verabredet."

„Nur eine klitzekleine", bettelte Andi, aber Terminator blieb hart. „Ist absolut nicht drin.

Eher würde ich ’nem Bullterrier den Knochen klauen, bevor ich Natascha warten lasse. Du kennst sie doch.“

Andi seufzte. Da war tatsächlich nichts zu machen. Natascha Kraushaar, Terminators Freundin, konnte Unpünktlichkeit auf den Tod nicht vertragen. Schon einmal hatte sie dem armen Kerl fast den Laufpass gegeben, nur weil er ein paar Mal zu spät gekommen war.

„Dann eben nicht“, sagte Andi bedauernd und sah zu, wie sich Terminator aus seinem ölverschmierten Overall schälte. Plötzlich fing er an zu kichern. „Was ist das denn?“

„Was ist was?“ Terminator spannte die gewaltigen Muskeln; die Riesenschlange, die auf seinem rechten Bizeps eintätowiert war, verdoppelte ihren Umfang.

„Na, das da!“ Andi deutete grinsend auf die Boxershorts, die unter dem Overall zum Vorschein kamen. „Tolles Muster!“

Das konnte man wohl sagen: Auf der Hose, die ungefähr den Durchmesser eines Bierzelts hatte, waren zwischen Blumen und Gräsern lauter pinkelnde Gartenzwerge dargestellt.

„Nun hör schon auf zu feixen“, brummte Terminator unwirsch. „Was ist daran so komisch? Ganz normale Unterhose. Hat mir Natascha geschenkt.“

Andi wollte gerade eine anzügliche Bemerkung machen, da war draußen das dumpfe Grollen eines Achtzylinder-Diesels zu hören, Bremsen kreischten, Pressluft zischte, eine Autotür schlug zu, stampfende Schritte näherten sich.

Gleich darauf wurde vor dem Glastor der Werkstatt ein unförmiger Schatten sichtbar, jemand donnerte mit der Faust gegen die Sicherheitsscheibe, dass das Tor schepperte und in den Angeln bebte.

„Noch wer da?“, dröhnte eine Bassstimme.

„Nein!“, brüllte Terminator zurück. „Hier ist keiner mehr. Hier ist nur noch Feierabend.“

„Mensch, Kumpel, hab dich nicht so! Bloß fünf Minuten!“

Fluchend zog Terminator den Overall wieder über die dekorative Unterhose und riss das Tor auf.

„Was gibt’s? Ich hab’s eilig!“

Schon wieder musste Andi grinsen, wenn auch nur hinter vorgehaltener Hand, schließlich war er ein wohlerzogener Junge.

Draußen stand ein Mann, der Terminator gerade an die Brust reichte. Breit wie eine Schrankwand, Figur wie ein Heißluftballon, Schenkel wie Bierfässer und Arme, die fast bis an die Knie reichten, kurz, der Typ sah aus wie

King Kong, wenn man ihn der Länge nach in einen Schraubstock gespannt hätte.

„Ich brauch deine Hilfe, Kumpel", donnerte er, dass die Werkzeuge in den Regalen klirrten.

„Ich bin nicht taub", murmelte Terminator verdrießlich. „Es ist zu spät, ich hab Feierabend, kapiert? Komm morgen wieder!"

„Lass mich doch nicht hängen, Mann! Ist echt bloß 'ne Kleinigkeit, ehrlich!"

„Ach nee, 'ne Kleinigkeit, wie? Kenn ich schon! Was darf's denn sein? Soll ich deinen Bock umspritzen oder 'n neues Getriebe einbauen? Ist vielleicht ein netter kleiner Austauschmotor gefällig?"

Der Mann verzog sein Mondgesicht zu einem breiten Lächeln.

„Nee, noch nicht mal", sagte er. „Nur 'n Keilriemen für die Wasserpumpe."

Das Lächeln war so freundlich, dass sich Terminator breitschlagen ließ.

„Okay, ich seh nach, ob ich was Passendes habe", versprach er und verschwand im hinteren Teil der Werkstatt. Als er mit Ersatzteil und Werkzeug zurückkam, holte der Fremde eine dicke Zigarre aus der Tasche seiner Lederjacke, brach sie in zwei Teile und bot Terminator eine Hälfte an.

„Danke, ich bin Nichtraucher – außerdem ...",

Terminator wies auf die Schilder an sämtlichen Dachpfeilern zwischen den Zapfsäulen, die eine brennende Zigarette mit einem roten Balken darüber zeigten. „Rauchen streng verboten. Und mach die Motorhaube auf, ich hab's wirklich verdammt eilig."

„Nur keine Hektik", brummte der andere und steckte seine zwei halben Stumpen wieder ein. „Deine Braut wartet wohl, was? Ich sag dir eins, Kumpel: Bei Frauen kommt man besser nie pünktlich. Da hab ich mal was erlebt ... erzähl ich euch gleich."

Während sich Terminator, assistiert von Andi, am Motor des mächtigen Volvo-Trucks zu schaffen machte, verschwand der Fremde im Shop, mit wiegenden Schritten, wie John Wayne, nur halb so groß und doppelt so breit.

Andi prustete los. „Was ist denn das für 'n Kauz?"

„Ein echter Cowboy der Landstraße", grinste Terminator und streifte den ausgeleierten Keilriemen ab. „Immerhin scheint er ganz nett zu sein. So, geschafft. Jetzt schau ich noch das Öl nach, dann kannst du die Frontscheibe putzen."

Als Andi auf dem Trittbrett stand und mit dem Abzieher über die eingeseifte Scheibe fuhr, kam der Dicke zurück, mit drei Dosen Cola in der Hand.

„Nett von dir“, rief er. „Da, trink erst mal ’nen Schluck!“

Eine Büchse sauste auf Andi zu. Der ließ vor Schreck den Abzieher fallen, aber er fing sie.

„Prost, Freunde!“ Der Dicke riss seine Dose auf, gurgelte den halben Inhalt hinunter und rülpste laut. „Ah, das hat gut getan! Übrigens ...“, er zog einen nicht vorhandenen Hut, „Johannes Eckstein. Aber nennt mich Trucker-Joe. Bin Fahrer bei Roland Overstolz.“

Stolz wies er auf die Planen von Truck und Hänger, auf denen in schwungvollen Buchstaben *Der rasende Roland. Internationale Spedition* prangte.

„Andi Wallner“, stellte sich Andi vor und Terminator sagte: „Michael Schumacher. Aber nenn mich Terminator.“

Die Miene des Dicken verdüsterte sich und nahm eine rosarote Färbung an. „Sag mal, willst du mich verarschen?“

„Nein, nein“, beruhigte ihn Andi, „das hat schon seine Richtigkeit, er heißt wirklich so. Und guck ihn dir an: Wundert’s dich, dass ihn jeder Terminator nennt?“

Schon war Trucker-Joes gute Laune wieder hergestellt. „Michael Schumacher ... Terminator ...“, kicherte er. „Mensch, Kumpel, du hast es verdammt viel schlechter getroffen als deine

Namensvettern. Aber gib die Hoffnung nicht auf. Die haben auch mal klein angefangen."

Er schluckte den Rest seiner Cola hinunter.

„Was war das noch, was ich euch erzählen wollte? Ach ja, von wegen Frauen und Pünktlichkeit. Das war, als ich noch in die Türkei gefahren bin. Da hatte ich 'ne Freundin, in Istanbul. Yasmin hieß sie. 'Ne Klassefrau, sag ich euch.

Trucker-Joe verdrehte die Augen und schnalzte mit der Zunge, was ziemlich komisch aussah. Denn so, wie er dastand, mit seiner gewaltigen Wampe, hätte man eher vermutet, dass er an eine knusprige Schweinshaxe dachte, als an seine schöne Ex.

Die beiden Freunde verbissen sich aber das Lachen; sie hatten schon gemerkt, dass Trucker-Joe es nicht liebte, wenn man sich über ihn lustig machte.

„Die wollte auch immer, dass ich pünktlich war", fuhr er fort. „Auf die Minute! Obwohl ich vorher gerade 'n paar tausend Kilometer 'runtergerissen hatte. Immer hat sie gemeckert, als ob ich mal eben um die Ecke wohnen würde. Ich hab mich immer unheimlich rangehalten, aber ich hab's nie geschafft. Bis auf einmal. Da war ich sogar 'ne halbe Stunde zu früh. Und wie ich den Truck vor ihrem Haus abgestellt habe, was seh ich da? Rennt ihr Zweitlover aus dem Haus, noch nicht mal richtig angezogen. Mann, dem hätt ich aber das Vergnügen versalzen, wenn ich ihn bloß erwischt hätte!“

Bei der Erinnerung ballte er die beachtlichen Fäuste, und Andi beglückwünschte den „Zweitlover“ insgeheim, dass ihm die Flucht gelungen war.

„Na ja“, seufzte Trucker Joe, „bald darauf hab ich die Russlandtouren übernommen, da wär’s sowieso aus gewesen mit Yasmin. Aber eins hab ich gelernt: Bei Frauen soll man nie pünktlich kommen. Da erfährt man bloß unangenehme Wahrheiten.“

Terminator nickte verständnisvoll, obwohl er absolut nicht seiner Meinung war. Bei Natascha Kraushaar hörte man unangenehme Wahrheiten vor allem, wenn man zu spät kam. Er leerte seine Dose und trat unruhig von einem Bein auf das andere.

„Tut mir echt Leid“, sagte er, „ich muss …“

Da wurde er vom Schrillen des Telefons in der Werkstatt unterbrochen.

„Verdammter Mist“, stieß er hervor. „Das ist Natascha! Geh du ran, Andi! Sag ihr, dass ich schon seit zehn Minuten unterwegs bin. Dass wahrscheinlich irgendwo ’n dicker Stau ist.

Andi tat ihm den Gefallen. Im Gehen hörte er

schmunzelnd, wie Trucker-Joe sagte: „Ej, Kumpel, du hast ja ganz schön Schiss vor deiner Flamme."

Das konnte man wohl sagen! Andi nahm den Hörer ab und meldete sich, lauschte eine Weile und sagte:

„Ist gut, Natascha. Richte ich aus. Du hast Glück, er wollte gerade wegfahren. Tschüss!"

Wieder draußen winkte er Terminator beruhigend zu. „Entwarnung! Ich soll dir sagen, Natascha kann heut nicht. Sie ist total groggy, sagt sie."

Terminator atmete hörbar aus. Er sah den Dicken feixen und wechselte schnell das Thema.

„Du kommst wohl mächtig weit rum, was?"

„Weit? Kommt drauf an, was du unter weit verstehst. Frankreich, Italien, Spanien, Portugal, Skandinavien, der ganze Osten ... Sachen erlebt man da, das glaubst du nicht. Noch 'ne Cola? Jetzt, wo deine Flamme nicht mehr wartet ..."

Die beiden Freunde sagten nicht nein. Als der Nachschub da war, bat Andi:

„Erzählen Sie doch mal, was da so alles passiert, Herr Eckstein!"

Der Dicke nahm einen langen Zug, dann folgte der übliche Rülpser.

„Herr Eckstein, sagt er!", brummte er. „Ich bin

kein Herr. Trucker-Joe, okay? Mann, da weiß ich gar nicht, wo ich anfangen soll. Also, letztes Jahr zum Beispiel. Rumänien. Straße wie 'n Brett, so eben. Kaum Kurven, null Verkehr. Mann, ich war so was von knackmüde. Alle hundert Meter musste ich den Hintern lüften und mich reinkneifen, um bloß nicht einzupennen. Plötzlich seh ich weit vor mir 'n paar Typen in Uniform stehen, einer hat 'ne Kelle in der Hand. Zwei Autos blockieren die Straße, uralte Kisten. Polizeikontrolle! Ich geh vom Gas, rolle vorsichtig näher. Überlege schnell, ob die mir was am Zeug flicken können. Aber nix. Papiere in Ordnung, Ladung in Ordnung, Fahrtenschreiber in Ordnung. Warum kontrollieren die hier, wo keine Sau unterwegs ist? Irgendwie kommt mir die Sache spanisch vor. Ich schaue genauer hin. Komisch, einer von denen hat 'ne karierte Hose an. 'N Streifenpolizist mit karierter Hose? Nee, nicht mal in Rumänien, wo sie keine Knete haben. Wenn das Bullen sind, bin ich 'ne Stripteasetänzerin. Die wollen meinen Truck und die Ladung. Und mich … krkk!"

Er fuhr sich mit der Hand über die Kehle.

„Und? Was haben Sie … was hast du gemacht?", fragte Andi gespannt.

„Erst mal voll auf die Bremse, dann Rückwärtsgang rein."

„Rückwärts abhauen?“ Terminator ließ ein ungläubiges Lachen hören. „Mit dem Hänger? Das geht doch höchstens im Schritttempo.“

„Ja, von wegen!“ Trucker-Joe tippte sich an die Stirn. „Grips muss man haben! Ich fahre also langsam zurück. Die Burschen denken, dass ich die Fliege machen will, springen in ihre Rostlauben, und dann mir hinterher. Ich halte blitzschnell wieder an, leg den zweiten Gang ein, und dann Vollgas, genau auf dem Mittelstreifen!“

„Und dann?“ Andi stellte sich die Situation vor und merkte, wie er feuchte Hände bekam.

„Dann? Hast du schon mal ’nen 25-Tonner auf dich zudonnern sehen? Erst wollten sie ja die Helden spielen, mit ihren lausigen Plastikbombern, hielten genau auf mich zu. Dann haben sie gemerkt, dass das ’n Kamikazeunternehmen war. Mann, die sind auseinander gespritzt, sag ich euch. Einer ist direkt in den Graben, der andere holperte über den Acker. Zog noch ’ne Knarre raus und schoss mir hinterher.“

Der Dicke amüsierte sich köstlich. „Ich hatte ’n paar Tonnen Baumwollstoff im Hänger. Das war besser als ’ne kugelsichere Weste! Da hätten sie schon ’ne Panzergranate gebraucht.“

„Ja, aber die Reifen! Wenn sie auf die Reifen gezielt hätten!“

Trucker-Joe zuckte die Achseln. „Na und? Versuch mal, wenn du über 'n Acker hoppelst, rückwärts aus dem Fenster den Reifen eines fahrenden Wagens zu treffen. Nee, da musst du schon unheimlich Schwein haben. Die hatten's jedenfalls nicht."

„Haben sie dich verfolgt?"

„Ich glaub nicht. Wahrscheinlich haben ihre Schrottmühlen den Geist aufgegeben. Jedenfalls hab ich sie nie mehr gesehen. Klar, für den Rückweg hab ich 'ne andere Route genommen. Vorsichtshalber."

Der Dicke schaute auf die Uhr. „Verdammt, jetzt hab ich mich verquatscht, muss schleunigst los."

„Wo geht's denn hin heut?", erkundigte sich Terminator.

„Nach Polen. Kugellager hin, Würste zurück. Sollte eigentlich schon längst auf Strecke sein."

„Schade", meinte Andi. „Du hast doch bestimmt noch 'n paar Storys auf Lager, stimmt's?"

„Mann, mehr, als in 'nem dicken Wälzer Platz haben."

„Ich hab Freunde, die würden bestimmt auch gern 'n paar davon hören."

„Kein Problem. Am Sonntag Abend komm ich zurück. Dann hab ich zwei Tage frei. Am Montag, so um sechs, sitz ich in meiner Stammkneipe. *Zum stillen Zecher*, in der Nähe vom Rathaus. Da können wir 'n paar Helle zusammen zischen."

Er sah zu Terminator und grinste. „Das heißt, du und ich. Für die Jugend gibt's heiße Milch mit Honig. Okay, was bin ich schuldig?"

Terminator winkte ab. „Vergiss es. Für gute Kunden gehört das zum Service."

„In Ordnung. Dafür zahl ich die erste Runde. Habe die Ehre!"

Mit einer Behändigkeit, die man ihm bei seinem Ballonkörper gar nicht zugetraut hätte, kletterte Trucker-Joe in seine Kabine, startete, winkte noch einmal und rollte davon.

„Na, war doch noch 'n ganz lustiger Nachmittag", stellte Andi fest. „Und wenn der loslegt: Stell dir Smiley vor, der hängt an seinen Lippen!"

Terminator nickte und schlug seinem Freund auf die Schulter. „Hast du eigentlich schon was vor?"

„Nee, wieso?"

„Ich nämlich auch nicht." Terminator deutete auf den silbernen Mercedes. „Wie wär's mit 'ner kleinen Probefahrt?"

Millionenschmuggel

Erwartungsvoll hockte der gesamte Turbo-Club plus Ehrenmitglied Terminator am Montag, pünktlich um sechs, in der Kneipe *Zum stillen Zecher*.

Es wurde viertel nach sechs, halb sieben, zehn vor sieben, wer nicht kam, war Trucker-Joe.

Smiley wurde allmählich sauer. „Schöner Reinfall“, knurrte er Andi an. „Du quatschst mich voll, dass du ’nen unheimlich tollen Typen kennen gelernt hast, ich lass extra mein Judo-Training sausen, und jetzt? Jetzt sitz ich hier in dieser blöden Pinte, hau mein letztes Taschengeld auf den Kopf, und dein Trucker-Joe lässt sich nicht blicken. Wo bleibt er denn jetzt, der sagenhafte Schrumpf-King Kong?“

„Woher soll ich das wissen? Bin ich vielleicht sein Babysitter?“, fauchte Andi zurück. „Der war in Polen, du Knallpups! Das ist was anderes, als wenn du zum Kindergottesdienst marschierst! Den kann alles Mögliche aufgehalten haben!“

„Selber Knallpups! Angeblich ist er doch schon

seit gestern wieder hier. Aber vielleicht ist er ja aus Versehen in die falsche Richtung gefahren, dein Supertrucker, und kurvt jetzt durch Sibirien."

Die Stimmung wurde ganz unsibirisch hitzig, und erst durch eine Taschengeld schonende Runde Limonade auf Terminators Rechnung kühlte sie sich wieder etwas ab.

„Warum regst du dich so auf", meinte Steffi. „Ist doch gar nicht so schlecht, mal wieder zusammenzusitzen und zu quatschen."

Aber Smiley brummte nur etwas Unverständliches. Er hatte sich schon als Beifahrer gesehen, neben seinem guten Kumpel Trucker-Joe, wie er durch die Nacht brauste, vierhundert PS unter dem Hintern, während ihm die Songs von Dave Dudley in den Ohren dröhnten. Und jetzt kam der Bursche einfach nicht! Ihm war der Abend gründlich verdorben!

Missmutig schlürfte er seine Limo, ließ die anderen reden und beobachtete die Eingangstür. Immer wenn sie aufschwang, wartete er hoffnungsvoll, wer da wohl hereinkäme. Aber nie war es jemand mit einer Ballonwampe und megabreiten Schultern: Trucker-Joe hatte sie versetzt.

Einmal betrat ein alter Mann den Gastraum, mit einem Stoß Zeitungen im Arm.

„Abendzeitung“, rief er, „neueste Nachrichten!“

Terminator winkte, kaufte ihm eine ab und drückte sie Smiley in die Hand.

„Da, gegen deinen Frust“, sagte er.

Gelangweilt blätterte Smiley sie durch. Plötzlich stutzte er, las und platzte dann mitten in die Unterhaltung der anderen.

„Mensch, Leute, hört euch das an! Das ist ja ’n Ding!“

„Wieso, was steht drin?“, erkundigte sich Steffi. „ ‚Der berühmte Smiley Blechschmidt hat miese Laune‘, oder was?“

„Halt die Klappe und hör zu!“

Smiley setzte sich in Positur, machte ein möglichst bedeutendes Gesicht und begann zu lesen:

„ ‚Die Mär von der schönen Unbekannten.
Neuhausen, eigener Bericht. Ein spektakulärer Schlag gegen das internationale Schmuggelwesen gelang am Sonntag der Neuhausener Polizei. Bei einer routinemäßigen Fahrzeugkontrolle nahmen die Beamten den 43-jährigen Kraftfahrer Johannes E. fest. Bei Überprüfung der Ladung seines LKWs hatten sie mehr als dreieinhalb Tonnen unversteuerte Zigaretten entdeckt.‘ “

„Ist nicht wahr!“, schrie Andi. „Ruhe!“, befahl

Smiley. „Ist eben doch wahr! ‚Der LKW war einer Streife auf der Autobahn Berlin–Nürnberg nahe dem Dreieck Kulmbach wegen überhöhter Geschwindigkeit aufgefallen. Der Fahrer gab zunächst an, er komme aus Polen, habe unterwegs wegen Übermüdung eine zusätzliche Pause einlegen müssen und sei daher besonders in Eile. Als die Beamten einen Blick in den Laderaum werfen wollten, reagierte er aggressiv, worauf sie vorsichtshalber Verstärkung riefen, die auch wenige Minuten später eintraf…‘ “

„Verstärkung“, murmelte Andi, „das kann ich mir vorstellen. Zwei kümmerliche Männer gegen einen Sumo-Ringer!“

„Kann ich jetzt endlich fertig lesen?“, schimpfte Smiley. „ ‚Als sie die Plane des Laderaums öffneten, wollten die Beamten ihren Augen nicht trauen: Statt der angeblichen polnischen Würste bestand die Fracht aus unverzollten Zigaretten. Der Fahrer, nach der Herkunft der Schmuggelware befragt, erzählte eine abenteuerliche Geschichte von einer schönen Unbekannten, die ihn erst betäubt und anschließend die Ladung ausgetauscht haben müsse. Seiner Verhaftung widersetzte er sich so vehement, dass vier Beamte nötig waren, um ihn zu überwältigen. Bei dem Handgemenge trugen zwei Polizisten ein blaues Auge davon, einem wurde der linke große Zeh gequetscht, einer büßte einen Schneidezahn ein.

Johannes E. wurde nach Neuhausen in Untersuchungshaft überführt. Wie Kommissar Heribert Sauerbier (48) von der Kripo Neuhausen mitteilte, handelt es sich bei dem sichergestellten Schmuggelgut um ca. 1800 Kartons mit jeweils zehn Stangen Zigaretten unterschiedlicher Marken im Verkaufswert von weit über 900 000 Mark. Sauerbier hofft bei der Enttarnung der Hintermänner auf Mithilfe seiner polnischen Kollegen.‘ Na, was sagt ihr nun?“

Die anderen schwiegen bestürzt.

„Ein sauberer Freund, den ihr uns da präsentieren wolltet“, meinte Steffi schließlich vorwurfsvoll zu Andi und Terminator.

„Er war es nicht“, rief Andi, „dafür leg ich meine Hand ins Feuer. Der ist so unschuldig wie du und ich! Oder?“

Hilfe suchend wandte er sich an Terminator.

Der zögerte. „Ich kenne ihn zwar kaum aber … nein, ich glaub's eigentlich auch nicht …“

Er kratzte sich am Kopf, überlegte eine Weile und fuhr dann entschlossen fort: „Nein, er war's nicht. Er ist harmlos. 'N bisschen cholerisch und 'n bisschen schnell mit den Fäusten, könnt ich mir vorstellen, aber harmlos. Jedenfalls kein Krimineller.“

„Ach, hör schon auf“, erregte sich Smiley. „Die Beweise sind doch erdrückend. Hat den Laderaum voll heißer Ware, fährt wie ein Irrer, um sie so schnell wie möglich wieder loszuwerden, widersetzt sich seiner Verhaftung ... Und glaubst du vielleicht die Schauergeschichte von der Superfrau mit dem Schlafmittel?“

Andi schüttelte den Kopf. „Du redest Schwachsinn, Smiley. Erstens: Wenn du ’ne brisante Ladung hast, fährst du möglichst korrekt, um bloß nicht aufzufallen. Zweitens: Wenn einer unschuldig ist und festgenommen werden soll, können ihm schon mal die Pferde durchgehen. Drittens ist die Geschichte von der Frau so unwahrscheinlich, also so blöd kann einer gar nicht sein, dass er so einen Quatsch erzählt, wenn’s nicht die Wahrheit ist. Und außerdem: Audiatur et altera pars!“

„Was faselst du da?“, gab Smiley zurück. „Wieso Audi? Ich dachte, der fährt ’nen Volvo?“

Andi betrachtete seinen Freund mit milder Herablassung. „Audiatur et altera pars ist Lateinisch und heißt so viel wie ‚Man muss zuerst auch die andere Seite hören, bevor man sich entscheidet‘.“

„Bleib mir bloß zu Hause mit deinem blöden Latein, du Angeber“, knurrte Smiley. „Was hier zählt, sind Fakten, Fakten, Fakten!“

„Du hast mindestens genau so ’n Brett vorm Kopf wie Sauerbier!“

Smiley setzte gerade zu einer hitzigen Erwiderung an, da meldete sich lautstark Bigmäc zu Wort.

„Was ist eigentlich so schlimm, wenn einer Zigaretten durch die Gegend fährt? Ich mein, klar, Zigaretten sind ungesund ...“

„O Mann, wie kann ein einziger Mensch bloß so dämlich fragen!“ Steffi raufte sich die Haare. „Die sind unversteuert, klar? Eine Schachtel Zigaretten kostet, sagen wir, fünf Mark fünfunddreißig. Davon macht die Tabaksteuer ungefähr vier Mark. Wenn einer also in Polen ’ne Schachtel für einsfünfunddreißig einkauft, ohne Steuern nämlich, und sie hier für, was weiß ich, drei Mark fünfunddreißig wieder verkauft, kann er zwei Mark in die eigene Tasche stecken. Macht bei 180 000 Schachteln ’nen Reingewinn von 360 000 Mäusen. Kapiert?“

„Echt?“ Bigmäc kriegte große Augen. „Dann ist das ja ’n ganz großes Ding!“

„Du merkst auch alles“, höhnte Smiley. „Jedenfalls kann sich euer Freund auf ’n paar Jährchen Tütenkleben einstellen.“

„Das ist noch längst nicht raus!“, widersprach Andi bedeutungsvoll. „Ich würde eher sagen: Das ist ’ne Angelegenheit für den Turbo-Club.

Aber wenn du natürlich glaubst, dass Trucker-Joe schuldig ist ...“

„Als ob ich’s nicht gesagt hätte“, versicherte Smiley eilig. Smiley Blechschmidt zerschlägt internationale Schmugglerbande ... klang gar nicht schlecht.

„Wenn du sagst, er ist unschuldig, dann ist er unschuldig. Also, was unternehmen wir?“

Nach reiflicher Überlegung wurde beschlossen, den Dicken im Gefängnis zu besuchen. Sauerbier musste ihnen die Erlaubnis verschaffen, das konnte er ihnen, verdammt noch mal, nicht abschlagen, nach allem, was sie für ihn getan hatten!

So endete der Abend in bestem Einvernehmen: Der Turbo-Club hatte einen neuen Fall!

Hinter Gittern

Sie machten natürlich nicht den Fehler, Kommissar Sauerbier auf die Nase zu binden, dass sie ihm wieder mal ins Handwerk pfuschen wollten.

Auch so war er nicht sonderlich begeistert von ihrem Anliegen. Aber als sie beteuerten, Trucker-Joe sei ihr Freund, er habe sonst niemanden und sie müssten sich um ihn kümmern, gab er schließlich nach und verschaffte ihnen eine Besuchserlaubnis. Wie gesagt, er war ihnen einiges schuldig.

Am Nachmittag des folgenden Tages trafen sie sich mit leicht beklommenen Gefühlen vor dem Gefängnis. Es war von einer hohen Ziegelmauer umgeben, auf deren Krone sich ein nach außen geneigter Stacheldrahtzaun befand.

„Mensch, wer da mal drin ist“, flüsterte Smiley beeindruckt.

„Du schaffst das schon noch“, gab seine Schwester zurück.

Er warf ihr einen giftigen Blick zu und folgte den anderen zur Anmeldung.

Eben glitt die automatische Gittertür zur Seite und ein älterer Herr stürmte heraus. Er war knallrot im Gesicht, seine Krawatte hing auf halb dreizehn, sämtliche Knöpfe seines Hemds waren abgerissen. Er fuchtelte mit den Armen und schimpfte halblaut vor sich hin: „Ein Irrer, sag ich ... gemeingefährlich ... der gehört in die Gummizelle ...!“

Die Turbos sahen ihm nach, wie er in einen Mercedes sprang und davonraste, als sei ihm die gesamte Mafia auf den Fersen.

„Was hat der denn?“, erkundigte sich Andi erstaunt.

Terminator zuckte die Achseln. „Vielleicht hat's ihm da drin nicht gefallen. Soll ja vorkommen."

Er zeigte dem Pförtner den Besucherschein, wieder glitt das Gitter zurück, ein Summer ertönte, Terminator drückte eine zweite Tür auf, und dann waren sie drin.

Ein Wärter geleitete sie in einen Vorraum, wo sie ihre Taschen ausleeren mussten. Smiley grinste verlegen, als er einen zerquetschten Schokoriegel, ein ausgefranstes Papiertaschentuch mit drei gebrauchten Kaugummis und ein zerknittertes Bildchen mit Madonna oben ohne hervorkramte, doch der Mann warf nur einen flüchtigen Blick auf seine Schätze.

Anschließend durften sie alles wieder einstecken und wurden in den Besucherraum geführt.

„Seid vorsichtig, der Bursche ist ziemlich gewalttätig", warnte der Wärter. Dann musterte er Terminators muskelbepackte Riesengestalt. „Obwohl ... außerdem haben wir ihm vorsichtshalber Handschellen angelegt."

Wenige Augenblicke später öffnete sich eine Seitentür, und Trucker-Joe wurde hereingeführt.

Den Blick gesenkt, die Stirn gefurcht, mit mahlenden Kiefern, wie ein Stier vor dem Angriff, stampfte er zu einem Stuhl und ließ sich darauf fallen. Das Teil krachte vernehmlich, aber es hielt.

„Welcher Hornochse stört mich jetzt schon wieder in meiner Siesta?“, schimpfte er, dann erst blickte er auf. Aber seine Miene wurde nicht viel freundlicher.

„Ach, ihr seid es“, grollte er. „Wollt ihr mal ’n richtigen Knastbruder besuchen, oder was?“

„Nee, wollen wir nicht.“ Andi machte sich zum Wortführer. „Eigentlich sind wir gekommen, um dir zu helfen. Wir glauben nämlich, dass du unschuldig bist.“

„Glaubt ihr das wirklich?“ Das grimmige Gesicht strahlte plötzlich. „Das ist echt nett von euch. Leider seid ihr die Einzigen. Grad war mein so genannter Verteidiger da, ein aufgeblasener Winkeladvokat namens Dr. Faselmann. Passt verdammt gut, der Name, ehrlich.“

„Der Herr ohne Knöpfe“, murmelte Steffi.

„Wie? Ach so. Ja, ich musste den Kerl einfach ’n bisschen durchschütteln, sonst hätte er’s nie kapiert. Hat mir zu einem Geständnis geraten, der Volldepp. Wegen mildernden Umständen, hat er gesagt. Dann krieg ich vielleicht ’n Jahr weniger, hat er gesagt. Aber ich hab nichts zu gestehen. Ich bin unschuldig! Ich bin ein Justizirrtum!“

Trucker-Joe regte sich schon wieder mächtig auf. Er sprang von seinem Stuhl, so plötzlich, dass der Wärter in der Ecke in Kampfstellung ging.

„Entspann dich“, brüllte Trucker Joe, „ich verhau keine Abziehbilder! Schaut mich an, was sie mit mir gemacht haben!“

Er zeigte auf seine Jeans, die den Durchmesser eines Bierzelts hatten und wie Baggy Pants um seine Pobacken schlotterten.

„Sie haben mir die Hosenträger weggenommen, damit ich mich nicht aufhänge. Die Hosenträger möchte ich sehen, die mein Gewicht aushalten. Außerdem will ich mich nicht aufhängen, ich will hier raus!“

Aufgebracht ließ er sich auf den Stuhl zurückfallen. Der gab seinen heldenhaften Widerstand auf, ächzte kurz und zerbarst in seine Einzelteile.

Mit dumpfem Poltern landete Trucker-Joe auf dem Boden. Er ließ ein Gewitter von Flüchen los, das ein Kloster zum Einsturz gebracht hätte, und rappelte sich mit Terminators Hilfe wieder auf.

„Pah!“, sagte er voller Verachtung zu dem Wärter in der Ecke. „Unschuldige einsperren, das könnt ihr. Aber sonst habt ihr nichts drauf. Nur Schrott in dem Laden.“

Vorsichtig ließ er sich auf einem Ersatzstuhl nieder.

„So, helfen wollt ihr mir. Netter Zug von euch. Habt ihr zufällig auch ’ne Ahnung, wie?“

„Erst mal, würd ich sagen, erzählst du uns, was genau passiert ist“, schlug Andi vor, und Bigmäc ergänzte: „Wir sind nämlich der Turbo-Club und haben schon mehrere gefährliche Verbrecher zur Strecke gebracht.“

Trucker-Joe kniff ein Auge zu und musterte ihn: Einsvierzig hoch, jede Menge Babyspeck und ein Gesicht wie ein Engel.

„Du bist wohl ’n ganz harter Bursche, was? Auch wenn man dir’s nicht grad ansieht. Also gut, ich sag euch, wie die Sache abgelaufen ist.

Ich komme aus Krakau, den Truck von oben bis unten voll mit geräucherten Würsten. Kurz vor der Grenze kehre ich in ’ner Raststätte auf ’n Kaffee ein. Ich nehm grad den ersten Schluck, da kommt ’ne Frau vom Tresen und fragt, ob sie sich setzen darf. ’Ne Frau, sag ich euch …“

Trucker-Joe küsste sich die Fingerspitzen. „Einfach super. Nicht so ’ne magere, wenn ihr versteht, was ich meine. Blonde Haare, Augen, groß wie von ’nem Kalb, und so ’n Blick, bei dem einem richtig der Schweiß ausbricht.

Klar dürfen Sie sich setzen, sage ich. Wir unterhalten uns ’ne Weile über dies und das, dann muss ich mal für kleine Jungs. Als ich wiederkomm, steht ’n neuer Kaffee da.

Geht auf meine Rechnung, sagt sie und lächelt dabei, dass ich das Flattern im Bauch krieg. Geh ran, Trucker-Joe, denk ich mir und frag, ob ich sie ’n Stück mitnehmen kann.

Mensch, das wär echt Klasse, antwortet sie. Aber leider … ich hab mein Auto dabei.

Verdammt, war wohl nichts! Ist aber eigentlich klar, denk ich. Wer in ’ne Raststätte kommt, hat auch ’n Auto. Und wie ’ne Tramperin sieht die nicht gerade aus. Teure Klamotten, Schmuck und so.

Ich überlege, was ich machen soll, damit sie nicht einfach so verduftet, tschüss, ade und guten Weg, da flötet sie, sie hätte ’n andern Vorschlag. Sie wär auch aus Neuhausen und sie würd mich wahnsinnig gern wieder sehen. Heut Abend hätte sie Zeit. Da wär ’n ganz toller Parkplatz bei Bad Berneck, total einsam. Da würd sie gern mal meinen Truck besichtigen. Und ’n Picknick würde sie auch mitbringen. Mensch, meine Hormondrüsen fingen an verrückt zu spielen, sag ich euch. Hör mal weg, Kleiner, das ist noch nichts für dich.“

„Moment“, unterbrach Steffi. „Haben Sie …“

„Sag einfach Trucker-Joe. Das ‚Sie‘ kannst du dir sparen.“

„Gut. Hast du ihr erzählt, dass du aus Neuhausen bist?“

Trucker-Joe überlegte.

„Nee, hab ich nicht. Wieso?“

„Na, denk mal nach!“

Es dauerte eine Weile, dann begriff er. „Ach so, du meinst …“

„Genau“, bestätigte Steffi. „Die wusste von Anfang an, dass du aus Neuhausen bist. Die kannte dich. Das Ganze war ’n abgekartetes Spiel.“

„So ’n Miststück.“ Trucker-Joe schüttelte den Kopf. „Wenn ich schon mal ’ner schönen Frau begegne! Ich sag natürlich, geht klar heut Abend, so gegen sieben bin ich da. Sie steht auf, sagt: Bis später und wirft mir noch so ’n Blick zu … Ich bin total fix und foxi.

Als sie weg ist, trink ich langsam meinen Kaffee aus. Bin auf einmal verdammt müde. Schaff es grade noch bis zu meinem Truck und knacke ein.

Als ich aufwache, ist über ’ne Stunde vorbei. Bockmist, so spät! Ich schaff’s nicht bis sieben! Ich fahr über die Grenze und drücke ordentlich auf die Tube, damit ich die Zeit reinhol.

Weil ich so ’n verdammter Glückspilz bin, halten mich die Polypen an. Na ja, denk ich mir, die Knete, die die jetzt kassieren, kann ich verschmerzen. Und die paar Punkte auch. Aber dann fangen die an, in meiner Ladung rumzuschnüffeln.

Ich werd 'n bisschen kiebig, weil ich's doch so eilig habe, und da gucken sie erst recht. Ich glaub, mich laust der Affe, ich schwör's, ich hab jede verdammte Wurstkiste selbst mit eingeladen, aber jetzt ist da bloß noch eine Lage und dahinter nix wie Schachteln mit Glimmstengeln.

Die Puppe hat mich reingelegt, das ist klar! Hat mir was in den Kaffee gekippt, und während ich gepennt hab, haben mir irgendwelche Schweinehunde die Ladung ausgetauscht. Mann, so 'ne klasse Frau und so 'n mieser Charakter!"

Immer noch fassungslos schwieg Trucker-Joe und wischte sich mit den zusammengeschlossenen Händen den Schweiß von der Stirn.

„Eine vertrackte Geschichte", brummte Andi. „Aber sie müsste sich doch nachprüfen lassen!"

Trucker-Joe schüttelte den Kopf. „Wird verdammt schwierig sein, bei dem Mordsbetrieb in der Raststätte. Außerdem – die Tasse mit dem Zeug drin ist längst wieder gespült. Damit gibt's keinen Beweis mehr. Und die Frau war 'ne Deutsche. Wie soll man die wieder finden? Kein Mensch kennt die doch da!"

„Wie hat sie denn genau ausgesehen?", erkundigte sich Steffi.

„Super, einfach super. Lange blonde Haare, Traumfigur, ein Gesicht wie … ach, eben einfach klasse!“

„Womit wir sie so gut wie identifiziert hätten“, bemerkte Smiley trocken. „Es handelt sich um Claudia Schiffer!“

„Quatsch kein dummes Zeug!“ Steffi überlegte. „Ist dir sonst nichts an ihr aufgefallen? Irgendwas Besonderes?“

„Nee, nicht dass ich wüsste. Halt, warte mal … Sie trinkt gern Martinis hat sie mir erzählt. Geschüttelt, nicht gerührt oder so ähnlich, ich hab’s nicht ganz kapiert.“

„Aha!“, grinste Smiley. „Also eine Kreuzung zwischen Claudia Schiffer und James Bond.“

Trucker-Joe lief leicht rosa an. „Seid ihr sicher, dass diese Rotznase zu euch gehört?“, knurrte er gereizt.

„Ja, leider“, gab Steffi zurück, „aber er spurt schon, wenn man ihn bloß richtig behandelt … Also, Smiley, entweder du hältst jetzt deine freche Klappe oder ich schmier dir eine. Klar?“

Smiley blies die Backen auf, doch dann besann er sich. So kam man ja wirklich nicht weiter. „War nicht bös gemeint“, entschuldigte er sich. „Denk doch noch mal nach! Hat sie wirklich keine besonderen Kennzeichen gehabt? Narben? Hat sie gelispelt? Kleidung?“

Trucker-Joe kniff die Augen zusammen und konzentrierte sich. „Wartet mal ... Sie hat manchmal so komisch hinten gesprochen, irgendwie geknödelt. Stimmt! Ich hab sie sogar gefragt, ob sie Ausländerin ist."

„Und?", fragte Andi gespannt.

„Sie wäre mal mit 'nem Amerikaner verheiratet gewesen, hat sie gesagt, aus Texas. Da hätte sie sich das angewöhnt."

Der Dicke kaute versonnen an seinen Nägeln, was wegen der Handschellen gar nicht so einfach war. „Ach ja, Mensch, jetzt fällt mir was ein. Sie hatte so 'nen Ring aus zwei Schlangen, die Köpfe über Kreuz ... mit roten Augen, glaub ich. An der linken Hand."

„Los, denk weiter nach", drängte Andi. „Du weißt noch was! Ich spür's."

„Ja, irgendwas war da noch", ächzte Trucker-Joe, den das Denken sichtlich anstrengte. „Ich krieg's noch nicht in den Griff ... Warte mal ... Richtig, genau! Ich hab ihr 'ne Fluppe angeboten. Aber sie hat gesagt, sie raucht nicht. Dabei, ich könnt's beschwören, hab ich sie an der Theke gesehen, mit 'nem Glimmstengel in der Hand."

„Mmmh", machte Andi enttäuscht. „Nicht grade 'ne weltbewegende Beobachtung. Der hat's bloß vor deinen dicken Stumpen gegraust."

„Nein, nein“, widersprach Trucker-Joe eifrig. „Ich hatte Zigaretten dabei, richtig elegante, für zarte Damenhändchen.“

„Woher?“, fragte Terminator wie aus der Pistole geschossen.

„Mann, aus dem Automaten, woher sonst! Aus der Apotheke vielleicht?“

Trucker-Joe lief schon wieder rot an, dann glitt ein schwaches Lächeln über sein Gesicht. „Mit Steuerbanderole, klar?“

Terminator nickte. „Ich verstehe. Und ihr Auto? Was hat sie für ’n Auto gehabt?“

„’Nen BMW Z 3, dunkle Farbe, blau oder schwarz. Alufelgen.“

„Kennzeichen?“

„Mensch, Kumpel, ich hab auf die Frau geguckt, nicht auf das Nummernschild! Keine Ahnung!“

Mehr war nicht aus ihm herauszuquetschen, mehr wusste er einfach nicht.

Als sich die Turbos verabschiedeten, hockte der Dicke ziemlich kläglich auf seinem Stuhl.

„Holt mich bloß schnell hier wieder raus“, bat er ungewöhnlich kleinlaut. „Ich bin kein Typ für ’n Knast. Ich brauch meinen Truck und die Straße. Und ohne Hosenträger fühl ich mich beschissen!“

Smiley, der einsame Wolf

„Reichlich dürftig“, brummte Andi, als sie aus dem Knasttor wieder in die Freiheit spazierten. „’Ne Blondine? Kann auch ’ne Perücke sein. Vielleicht keine Deutsche, sondern Amerikanerin? Davon gibt’s hundert Millionen. Schlangenring und Z 3 sind auch nicht gerade Seltenheiten. Eher kann man ’n Salzkorn in der Zuckerdose suchen. Und ob die Tante raucht oder nicht, das ist so was von wurscht ... Nee, wir haben bloß eine Chance: Sie kennt Trucker-Joe, weiß, wo er arbeitet, welche Touren er fährt, also ist sie vielleicht aus Neuhausen.“

„Wenn die ganze Geschichte überhaupt stimmt“, warf Smiley ein.

Terminator schnaubte. „Glaubst du, Trucker-Joe kann sich so eine Geschichte ausdenken? Nee, nee, das war total echt. Und hast du nicht gesehen, wie der jetzt noch Geschmacksfäden gezogen hat, wenn er von der Frau erzählt hat?“

„Hundert Prozent richtig“, bestätigte Steffi. „Ich glaub ihm jedes Wort. Und das zeigt auch, wie oberfaul die ganze Sache ist. Mensch, wenn einer aussieht wie ’n aufgedopter Gewichtheber, der unter die Dampframme geraten ist, an den macht sich doch nicht in ’ner polnischen Kneipe ’ne Neuhausener Superfrau ran, wenn sie nicht ein krummes Ding vorhat!“

„Also, was tun wir?“ Smiley brannte vor Tatendurst.

„Erst mal ins Headquarters, zur Beratung“, schlug Steffi vor.

Wenig später hockte der Turbo-Club einschließlich seines Ehrenmitglieds Terminator im behaglichen Gartenhaus von Steffis und Smileys Eltern. Jeder hatte ein großes Glas vor sich stehen, außerdem gab es eine riesige Menge an Schokoriegeln, Gummibärchen und anderen Dingen, die schlecht für Magen und Zähne, aber gut für das Gehirn sind. Trotzdem ging die Arbeit ziemlich langsam voran.

Bigmäc, der vor einiger Zeit einem schwierigen Fall durch bloßes Denken und Kombinieren die entscheidende Wende gegeben hatte, versuchte den Fall direkt am grünen Tisch zu lösen.

Dafür legte er einen Kronkorken vor sich hin. „Also das ist Trucker-Joe.“ Ein gelbes Gummibärchen wanderte neben den Kronkorken. „Hier, das ist die schöne Unbekannte. Möglicherweise einzige Gemeinsamkeit zwischen den beiden ist Wohnort Neuhausen.“

Mit zwei Minisalamis legte er Verbindungslinien zwischen Kronkorken, Gummibärchen und einem Schokoladenkeks.

„Und jetzt passt auf!“ Stolz registrierte er, dass alle ihm fasziniert zuschauten. Eine dritte Minisalami wurde zwischen Kronkorken und Gummibärchen platziert. „Sie kennt ihn ...“, ein rascher Schnitt mit dem Taschenmesser, die Wurst war in zwei Teile zerlegt, „aber er kennt sie nicht.“

Erwartungsvoll sah Bigmäc die anderen an. „Na, und? Was sagt ihr dazu?“

Smiley vergaß vor Verblüffung, das Stück Wurst, das er sich genommen hatte, in den Mund zu schieben. „War das alles? Willst du uns verscheißern?“

„Phh, wenn du zu blöd bist zu kapieren ...“

„Aber niemand hat das kapiert!“, sagte Andi.

„Ist doch wirklich einfach!“, triumphierte Bigmäc. „Sie stammen beide aus Neuhausen. Sie kennt ihn, aber er kennt sie nicht. Wir müssen also bloß in Neuhausen einen Ort suchen, wo die einen Leute die anderen sehen, die anderen Leute aber die einen nicht sehen – und schon haben wir eine ganz klare Spur!“

„Und was soll das für ’n Ort sein?“, stöhnte Steffi, „’n Kasperltheater vielleicht?“

„Was für ’n Ort?“ Bigmäc schüttelte den Kopf.

„Das weiß ich auch noch nicht. Ich kann euch schließlich nicht die ganze Arbeit abnehmen."

Nachdem die Turbos Bigmäcs Beitrag gebührend mit Prädikaten wie „gehirnamputierter Schrumpfkopf" gewürdigt hatten und er sich beleidigt in eine Ecke verzogen hatte, diskutierten sie weiter.

Viel kam auch jetzt nicht dabei heraus, aber immerhin fassten sie drei Beschlüsse: Andi und Steffi erhielten den Auftrag, Kommissar Sauerbier auf den Zahn zu fühlen, um zusätzliche Informationen zu bekommen. Bigmäc und Terminator sollten die Gefangenenbetreuung übernehmen und Trucker-Joe im Knast besuchen; Smiley wurde zum Arbeitgeber des Dicken geschickt, vielleicht wusste der ja irgendwas.

Der Besuch bei Sauerbier ging aus, wie die meisten Besuche bei ihm ausgingen: Man hätte genauso gut einen Parkscheinautomaten nach dem Weg zum Bahnhof fragen können. Er hörte sich alles, was die Turbos zu sagen hatten, mit unbewegter Miene an, und dann ratterte er sein übliches Sprüchlein herunter.

Vielen Dank, aber da könne er nun wirklich keine Hilfe gebrauchen, das sei ein Fall für Profis, nein, leider, Fragen könne er eigentlich auch keine beantworten.

Weil sie aber so tüchtige junge Detektive ... blablabla, wolle er ausnahmsweise ... rhabarber rhabarber, also, der angeblich so harmlose Trucker-Joe arbeite mit hoher Wahrscheinlichkeit für einen internationalen Schmugglerring, an seiner Schuld könne überhaupt kein Zweifel bestehen, schließlich sei er in flagranti erwischt worden.

Als Steffi und Andi auf die Story zu sprechen kamen, die Trucker-Joe zu seiner Entlastung vorgebracht hatte, lächelte Sauerbier nur milde.

„Wisst ihr, meine lieben jungen Freunde“, flötete er in einem so selbstgefälligen Ton, dass die beiden ihm am liebsten seine Thermoskanne über den Scheitel gezogen hätten, „wisst ihr, das ist alles eine Sache der Erfahrung. Neulich hatte ich einen alten Penner hier auf dem Stuhl sitzen ...“, er deutete auf das Sitzmöbel, auf dem sich Andi niedergelassen hatte, „der hatte einen Bruch bei einem Juwelier versucht. Wollte mir weismachen, er hätte bloß für seine Mutter ein kleines Geschenk klauen wollen. Zum Muttertag. Ich schau mir den Burschen kurz an und mein Instinkt sagt mir: Der hat überhaupt keine Mutter! Ich lass das überprüfen – stimmt! Seit zehn Jahren Vollwaise. So was hat man einfach drauf, nach über zwanzig Jahren bei der Kripo.

Deshalb sag ich euch, die Geschichte von eurem Trucker-Joe, die stinkt! Die stinkt bis zum Himmel!"

Er beendete die Audienz, indem er seine Bildzeitung aus der Schreibtischschublade holte. „Also, meine lieben Freunde, haltet eure Finger da raus, ihr verbrennt sie euch nur. Für uns Profis ist der Fall kein Problem. Die Hintermänner, die haben wir ratzfatz! So schnell könnt ihr nicht mal gucken, auch wenn ihr euch Turbo-Club nennt!"

Mit einem letzten kunsthonigsüßen Lächeln wurden sie entlassen.

„Ich muss an die frische Luft, sonst koche ich über", zischte Steffi draußen im Gang. „Der Kerl ist wirklich dumm wie ein Kotelett! ‚Mein Instinkt sagt mir, der hat überhaupt keine Mutter' – so ein Blödmann! *Mein* Instinkt sagt mir, der Kerl hat überhaupt kein Gehirn. Ich lass das überprüfen: stimmt! Na, hoffentlich hat Smiley mehr Glück gehabt!"

Kurz nach vier war Smiley auf dem Gelände der *Rasender Roland. Roland Overstolz Internationale Speditionsgesellschaft mbH* eingetroffen ...

Scheint kein Mensch mehr da zu sein, dachte er, während er zwischen riesigen Containern und Stapeln von verhüllten Paletten auf ein schmalbrüstiges Gebäude zuschlenderte. Unten befand sich eine Rampe, auf der in großen Buchstaben „Abfertigung“ stand, oben, über eine Seitentreppe zu erreichen, gab es eine Tür mit der Aufschrift „Büro“.

Gibt’s doch nicht! Hatten die so früh schon Schluss? Er stieg die Treppe hinauf und pochte kräftig an die Tür. Drinnen klirrte es, ein Stuhl wurde gerückt, ein kräftiger Fluch ertönte.

Aha, es war also doch noch jemand da! Smiley drückte die Klinke und trat ein.

Plötzlich schien er in einer anderen Welt zu sein. Ein Teppichboden, auf dem man Tiefschnee fahren konnte, elegante weiße Strukturtapete, Bilder an den Wänden, Ledermöbel, Regale und Schreibtische aus Stahl und Glas. Donnerwetter, der Laden stank förmlich nach Kohle!

Vor einem ledernen Sessel kniete ein Mann und tupfte mit Papierhandtüchern einen Kaffeefleck vom Boden. Er wandte den Kopf und sah Smiley.

„Nanu, Besuch nach Dienstschluss?“, fragte er freundlich. „Entschuldige bitte, wenn ich zuerst diese Sauerei hier beseitige.“ Er rieb und trocknete noch eine Weile, dann richtete er sich auf.

„Was kann ich für dich tun, junger Mann?“

Er trug einen eleganten taubengrauen Anzug

nach neuestem Schnitt, blaues Hemd, blaurote Seidenkrawatte. Sein Gesicht war rund und rosig und trug den Ausdruck fröhlicher Zufriedenheit.

„Spreche ich mit Herrn Roland Overstolz?“, erkundigte sich Smiley.

„So ist es. Und mit wem habe ich das Vergnügen?“

„Smiley Blechschmidt.“ Smiley deutete eine Verbeugung an; bei diesem höflichen Menschen musste man das einfach. „Ich bin ein Freund Ihres Fahrers …“

„Ach, Gott, sprich gar nicht weiter, ein Freund von Trucker-Joe! Ist das nicht eine furchtbare Geschichte?“

Overstolz rang die Hände. „Eine Katastrophe für mich – als Mensch und als Chef! Stell dir vor, eine komplette Ladung eingebüßt, dreißig Tonnen feinste polnische Wurstwaren, ein Truck beschlagnahmt und mein treuester, zuverlässigster Fahrer hinter Gittern! Eine Katastrophe, sage ich dir, von wahrhaft kosmischen Ausmaßen!“

„Glauben Sie denn, dass er schuldig ist?“

Herrn Overstolz’ freundliches Gesicht legte sich in nachdenkliche Falten. „Aufrichtig gesagt, mein Lieber, ich weiß nicht mehr, was ich glauben soll. Die Indizien sind ziemlich erdrückend, hat mir die Polizei gesagt. Andererseits – Trucker-Joe, der ist so was von ehrlich, der würde sogar eine tote Ratte im Fundbüro abliefern. Nein, ich weiß wirklich nicht, was ich glauben soll."

Betrübt wackelte er mit dem wohlfrisierten Kopf. „Außerdem will der verrückte Hund sich ja nicht helfen lassen. Den besten Anwalt der ganzen Stadt hab ich ihm geschickt. Und er, was macht er? Mit größter Mühe hab ich ihm eine Strafanzeige wegen Körperverletzung erspart."

Herr Overstolz seufzte tief. „Ja, es ist bei Gott nicht leicht, Trucker-Joes Freund zu sein! Hat er dir eigentlich genau erzählt, was passiert ist?"

Er lud Smiley ein, Platz zu nehmen, bot ihm etwas zu Trinken an – „für dich wohl besser was Süßes, ja? Gar nicht stark, das wird dir doch nicht schaden, oder?" – und goss sich selbst einen steifen Whisky ein, während Smiley Trucker-Joes Geschichte widergab.

Herr Overstolz hörte sich das Ganze mit ziemlich ungläubigem Lächeln an. Erst gegen Schluss, als Smiley den amerikanischen Akzent erwähnte, den die Unbekannte möglicherweise gesprochen hatte, wurde er stutzig.

„Amerikanisch, sagtest du amerikanisch, mein junger Freund?", fragte er stirnrunzelnd. „Nun, das könnte immerhin ein Anhaltspunkt sein …"

„Wieso?“ Smiley witterte eine Spur und nahm vor lauter Aufregung einen großen Schluck von dem Likör, den ihm Herr Overstolz eingegossen hatte. „Haben Sie eine Vermutung? Sagen Sie sie mir, ich werde ihr nachgehen und den wahren Täter entlarven!“

„So, so“, meinte Herr Overstolz. „Nun ja, seitdem der Stützpunkt in Neuhausen aufgelöst worden ist, gibt es kaum noch Amis ...“ Er zögerte und schenkte Smiley noch ein wenig von dem Likör nach. „Ich will ja keine falschen Verdächtigungen in die Welt setzen, aber ich kenne da einen Amerikaner, dem würde ich solche krummen Geschäfte wohl zutrauen. Und eine blonde Frau hab ich auch mal bei ihm gesehen, soweit ich mich erinnere ...“

Smiley war wie elektrisiert. Er kippte den Likör in einem Zug hinunter. „Das sind sie. Wir haben sie“, keuchte er und fletschte die Zähne; wenig fehlte, und er hätte geknurrt wie ein Bluthund. Jetzt war er, Smiley Blechschmidt, in seinem Element!

Herr Overstolz hob die Hand. „Langsam, langsam“, mahnte er. „Vielleicht sollte ich lieber nichts sagen. Ich will keine falschen Verdächtigungen in die Welt setzen ...“

Als er jedoch Smileys enttäuschte Miene sah, lächelte er. „Also gut. Ich hatte mal mit ihm zu tun, er wollte mir einen Auftrag zuschanzen. Reichlich undurchsichtige Sache, möglicherweise heiße Ware. Ich habe natürlich abgelehnt."

„Und?", drängte Smiley. „Wie heißt der Typ?"

„Bob Marlboro. Hat einen Military-Shop in der John-F.-Kennedy-Straße. Aber sei vorsichtig, der Mann könnte gefährlich sein!"

Smiley winkte nur lässig ab. Den Burschen würde er sich vorknöpfen, und zwar gleich! Er sprang auf, wunderte sich ein bisschen über seine weichen Knie, winkte Herrn Overstolz einen Gruß zu und verschwand.

Nachsichtig lächelnd blickte ihm der Speditionsbesitzer hinterher. Dann sah er ihn über seine eigenen Füße stolpern und brummte besorgt: „Ich hätte ihm wohl doch keinen Likör anbieten sollen!"

Smiley war begeistert. Das war endlich richtige Detektivarbeit! Er, Smiley, war ganz auf sich allein gestellt: Ein einsamer Wolf, im Kampf gegen das Böse.

Flüchtig kamen ihm die anderen Turbos in den Sinn. Sollte er sie nicht besser verständigen?

Er wischte den Gedanken beiseite. Nein, sie würden nur wieder zögern oder diesen unfähigen Kommissar einschalten wollen. Aber jetzt war die Stunde zum Handeln gekommen, in seinen Adern spürte er das Blut des Siegers pochen.

John-F.-Kennedy-Straße, das war gar nicht weit von hier. Er kannte das Viertel gut, ganz in der Nähe lag die Trainingshalle seines Judoclubs.

Smiley schwang sich auf sein Fahrrad und brauste los. Das verdammte Ding schlingerte, irgendwas war mit den Kugellagern nicht in Ordnung. Egal, jetzt gab es Wichtigeres!

Eisenhower-Str., Roosevelt-Str., John-F.-Kennedy-Straße. Nicht gerade eine Topgegend. Vergammelte graue Wohnblöcke, mit Stockflecken und Löchern im Putz, dazwischen schäbige, ein- oder zweistöckige Betonkästen mit schmuddeligen Schaufenstern.

Bei einem von ihnen hingen zwei gekreuzte M-16-Schnellfeuergewehre über der Eingangstür, auf der in großen, aufgeklebten Buchstaben stand: *US Military-Shop*. Inh. Bob Marlboro.

Smiley nickte befriedigt, stieß die Tür auf und trat ein. Ein paar Glocken schepperten den Anfang vom „Yankee Doodle“, dann war es still.

Smiley sah sich um. Der Laden war ziemlich düster, es roch nach Staub, Öl und Mottenpulver. An den Wänden hingen überall Stars and

Stripes, dazwischen Poster von Chuck Norris als Dschungelkämpfer und von männlichen Models, die, nur äußerst notdürftig bekleidet, ihre atemberaubenden, ölig glänzenden Muskelpakete zeigten. In Vitrinen lagen Wurfsterne, Macheten, Schwerter, Bowiemesser, Revolver und Pistolen, auf hölzernen Regalen stapelten sich Militärklamotten aller Art.

Niemand ließ sich blicken; Smiley nutzte die Gelegenheit, sich ein wenig umzuschauen. Er spähte hinter die Stellagen, wo er nichts entdeckte, als Staubflocken und tote Spinnen. Seine Hand tastete zwischen Stapeln von Kampfjacken herum – nichts. Er schob einen Vorhang beiseite und prallte naserümpfend zurück: Dort standen Springerstiefel, und zwar gebrauchte, dem Geruch nach zu schließen.

Verdammt, er witterte förmlich, dass hier irgendwas nicht stimmte, sein Instinkt sagte ihm, dass er ganz dicht dran war.

Er horchte. Nichts. Direkt neben der Kasse stand ein hoher Schrank. Der einzige Schrank in dem ganzen Schuppen. Auf leisen Sohlen huschte Smiley hinüber, drehte den Schlüssel, mit leisem Knarren schwang die Tür auf.

Bingo! Whiskyflaschen in langen Reihen, darunter stangenweise Lucky Strike, Camel und Marlboro.

Sein Instinkt hatte ihn nicht getrogen, er, Smiley Blechschmidt, hatte den ganzen verdammten Schmuggelring allein ausgehoben!

So sehr genoss er seinen Triumph, dass ihn die Stimme traf wie ein Peitschenhieb:

„Pfoten hoch, Boy, und ganz langsam umdrehen, ganz langsam, verstanden? Sonst knallt's!“

Mit schlotternden Knien gehorchte Smiley. Es war nicht mehr das Blut eines Siegers, das in seinen Adern strömte, schnell wie der Blitz verlor der Likör seine Wirkung; im Rhythmus seines rasenden Herzschlags dröhnten Smiley nur zwei Wörter in ständiger Wiederkehr durch den Kopf: hau ab, hau ab, hau ab!

Aber seine Glieder gehorchten dem Befehl nicht. Mit unendlicher Mühe hob er die Hände und drehte sich um.

Vor ihm stand ein Mann, kahler Schädel, Dreitagebart, Perle im Ohr, ärmelloses knappes Leibchen, Jeans, Goldkettchen um Hals und Handgelenke: Bob Marlboro.

In der Rechten hielt er eine riesige Kanone, die genau auf Smileys Kopf gerichtet war, ein unerbittliches schwarzes Auge, aus dessen Blick Tod und Verderben hervorblitzte.

Mit letzter Anstrengung unterdrückte Smiley den sehnlichen Wunsch, „Mama!“ zu rufen, er fühlte, wie ihm die Kräfte schwanden.

Da verzog sich der Mund Marlboros zu einem widerlichen Grinsen, und er drückte ab.

Smiley hatte die Augen geschlossen. Seltsam, er hörte den Knall gar nicht mehr, auch spürte er keinen Schmerz, nur das Blut fühlte er, das über sein Gesicht lief ...

Langsam kehrte sein Verstand zurück. Blut war dicker als Wasser, und das, was ihm da das Kinn hinunter in den Kragen tropfte, war Wasser.

Er schlug die Augen auf. Marlboro grinste noch immer.

„Das Ding ist echt super", sagte er und jagte einen Wasserstrahl an die Decke, „von der Optik her nicht von 'ner 45er zu unterscheiden. Du kriegst es zum Sonderpreis!"

Smiley atmete tief durch. Es tat verdammt gut, noch unter den Lebenden zu sein!

Seine Glieder gehorchten ihm, sein Kopf arbeitete wieder. Der Wunsch allerdings, möglichst schnell die Fliege zu machen, blieb.

„Ich nehme sie", sagte er deshalb hastig, zahlte anstandslos den Wucherpreis von fast zwanzig Mark, das war so ziemlich alles, was er hatte, und wandte sich zum Gehen. An der Tür drehte er sich noch einmal um. „Ach, sagen Sie mal, Ihre Freundin, Sie wissen schon, die Blonde, die ist nicht zufällig da?"

„Meine Freundin?“, fragte Marlboro völlig verständnislos. „Meine Freundin?“ Dann fing er an wie verrückt zu kichern und lachte noch, als Smiley schon wieder draußen auf der Straße stand.

Trucker-Joe dreht durch

Smiley kriegte sein Fett weg, als er den Turbos Bericht erstattete.

„Wie oft, verdammt noch mal, habe ich dir gesagt, dass du keine Alleingänge machen sollst, du Grottenolm“, tobte seine Schwester. „Dafür fehlt dir einfach alles! Intelligenz, Schnelligkeit und Muskeln. Außerdem – wozu haben wir eigentlich ’nen Club, wenn du dauernd Alleingänge machen willst?“

Das war ein Argument, dem man sich nicht verschließen konnte. Deshalb fiel Smileys Verteidigung auch ziemlich kleinlaut aus.

„Immerhin ist doch ’n bisschen was rausgekommen dabei“, sagte er. „Wir wissen, dass der Kerl Whisky und Zigaretten verhökert. In ’nem Military-Shop! In einem verschlossenen Schrank!“

„Wenig genug“, knurrte Andi. „Wenn du nicht

gleich wie ’n Elefant im Porzellanladen losgelegt hättest, wenn wir ’n bisschen diskreter operiert hätten … Na, egal, dafür ist es zu spät. Also, was schlagt ihr vor?“

Steffi zuckte die Achseln. „Es bleibt uns bloß die übliche Ochsentour. Überwachung.“ Ärgerlich schlug sie mit der Faust auf den Tisch im Headquarters. „Und das wie immer lückenhaft. Schulzeit fällt aus, abends um acht müssen wir Schluss machen, weil die Damen und Herren Erziehungsberechtigten uns einen Strich durch die Rechnung machen.“

So war es, aber das war nun mal nicht zu ändern. Immerhin wurde für die kommenden Tage ein Einsatzplan aufgestellt; für die Zeit zwischen vierzehn und zwanzig Uhr würde Bob Marlboro einen unauffälligen Schatten haben. Die Wasserpistole, die Smiley für teures Geld erstanden hatte, wurde bei Terminator in der Werkstatt deponiert. Vielleicht konnte sie noch mal nützliche Dienste leisten; immerhin sah sie einer 45er täuschend ähnlich.

Wenn schon die Turbos das Ergebnis von Smileys Alleingang nicht berauschend fanden, Trucker-Joe war noch weniger zufrieden damit.

Als sie ihn im Untersuchungsgefängnis besuchten, rannte er im Sprechzimmer auf und ab wie ein gereizter Büffel. Man hatte ihm wieder Handschellen angelegt, und zwei kräftige Wärter folgten jeder seiner Bewegungen mit Argusaugen.

„Keine Beweise, wie?“, bellte er, als er mit den neuesten Informationen versorgt worden war. „Mann, lasst mich drei Minuten allein mit dem Hundesohn, und der gesteht mir jedes Verbrechen, das in den letzten hundert Jahren begangen worden ist. Mensch, Leute, ich werd wahnsinnig, ich muss hier raus!“

„Was ist mit ’ner Kaution?“, erkundigte sich Andi.

„Hat mein Chef schon probiert. Aber die Brüder haben sich nicht drauf eingelassen. Wegen Fluchtgefahr. Fluchtgefahr!“ Er deutete mit dem Kopf zu den Wärtern und straffte die mächtigen Schultern. „Als ob mich die beiden Ersatzteillager da ernsthaft aufhalten könnten, wenn ich’s drauf anlege! Wer weiß, vielleicht leg ich’s drauf an!“

Mit einiger Mühe gelang es den Turbos ihn zu beruhigen. Sie würden sich dem Burschen an die Fersen heften, so lange bis sie ihn überführt hätten, versprachen sie, bevor sie ihn allein ließen.

An der Tür schauten sie noch einmal zurück. Trucker-Joe stand da, die Schultern vorgeschoben, den Kopf gesenkt, wie ein Kampfstier vor dem Angriff. Bloß die Hörner fehlten.

„Hoffentlich macht der keinen Blödsinn", murmelte Andi. „Wir müssen verdammt schnelle Arbeit leisten!"

Leider gingen die Ermittlungen ganz und gar nicht schnell voran. Bob Marlboro entpuppte sich nämlich als ausgesprochener Langweiler, der seinen schäbigen Laden nur verließ, um zu *McDonald's* oder ins Fitness-Studio zu gehen. Der Einzige, dem die Überwachung richtig Spaß machte, war Bigmäc, weil er auf Kosten der Vereinskasse Hamburger satt essen durfte. Den anderen hing der Job schon bald zum Hals heraus. Steffi war es, die als Erste die Nase gründlich voll hatte.

„Ich fress einen Besen", sagte sie bei der abendlichen Besprechung im Headquarters, „wenn der Typ was mit unserem Fall zu tun hat. Mit Trucker-Joes Superfrau hat er sich jedenfalls nicht ein einziges Mal getroffen. Und seine Freundin ist sie nicht, das ist klar erwiesen."

„Woher willst du denn das schon wieder wissen?", erkundigte sich Smiley gereizt. „Wenn du sie nicht zusammen gesehen hast, hast du dafür überhaupt keinen Beweis!"

„Doch, hab ich." Steffi grinste vergnügt. „Ist

euch denn gar nichts aufgefallen an unserm Freund Bob?“

„Nö!“, lautete die einstimmige Antwort.

„Typisch männliche Beschränktheit. Mit wem trifft er sich zum Essen bei *McDonald’s*?“

„Mit so ’nem dunkelhaarigen Typen“, gab Bigmäc achselzuckend zur Antwort, „so um die zwanzig, schätz ich.“

„Und mit wem kommt er aus dem Fitness-Center?“

„Mit demselben. Na und?“

„Was hängt bei ihm an der Wand?“

Jetzt fiel bei Andi der Groschen. „Ach so, du meinst …“

„Genau das mein ich. Unser Freund Bob interessiert sich nicht für kleine Mädchen. Und schon gar nicht für große Blondinen. Nee, ich sag euch, die Fährte ist so was von falsch, wir sollten Bob Marlboro und seinen Herzbuben in Ruhe lassen, das ist bloß vertane Zeit.“

„Verdammter Mist! Deswegen hat der Blödmann so gekichert, als ich mich nach seiner Freundin erkundigt hab!“ Smiley ballte die Fäuste vor unterdrücktem Zorn. „Aber was ist mit dem Whisky und den Zigaretten?“

Mit lässiger Geste zog Steffi eine Packung Lucky Strike aus der Tasche. „Guck mal da, du Superfahnder!“

Deutlich war die Steuerbanderole unter der Cellophan-Versiegelung zu erkennen.

„Nix mit heißer Schmuggelware, mein Kleiner! Hast dich ganz umsonst erschießen lassen!"

Manchmal verspürte Smiley einen geradezu unheimlichen Drang, seiner Schwester eine Tracht Prügel zu verabreichen. Leider pflegte sie sich zu wehren und war außerdem ziemlich kräftig. Daher überwand er seinen Drang unter Aufbietung seiner ganzen Selbstbeherrschung.

„Krieg ich wenigstens die Zigaretten?", fragte er stattdessen.

Steffi tippte sich an die Stirn. „Schon mal was von Kinderschutzgesetz gehört? Und außerdem bist du doch neulich erschossen worden. Tote rauchen nicht."

Jetzt war es mit Smileys Selbstbeherrschung vorbei. Da Steffi aber nicht nur wenigstens genauso kräftig, sondern auch noch um etliches schneller war als er, blieb seine Attacke ohne Folgen.

Einen Tag nach der frustrierenden Ermittlungsbilanz nahm der Fall Trucker-Joe eine dramatische Wende.

Mittags um zwei klingelte bei Blechschmidts das Telefon. Steffi hob ab. Am anderen Ende der

Leitung war ein wutschnaubender Kommissar Sauerbier. Kaum hatte sie sich gemeldet, legte er los: „Nach Alcatraz gehört er, dieser Gewaltkriminelle, in Eisen gelegt, an die Wand geschmiedet, hinter Panzerglas verwahrt!“

Steffi schwante Fürchterliches. „Was ist denn passiert, Herr Sauerbier?“

„Was passiert ist? Euer harmloses, liebenswürdiges und zartbesaitetes Unschuldslämmchen ist getürmt, das ist passiert!“

So zornig war Sauerbier, dass er seine sonstige Zurückhaltung bei der Weitergabe dienstlicher Informationen vergaß und alles hervorsprudelte.

Sie hatten Trucker-Joe zur Vernehmung ins Kommissariat geholt. Weil er sich so manierlich aufgeführt und höflich um eine Tasse Kaffee und einen von seinen Stumpen gebeten hatte, hatten sie ihm, um ihm das Rauchen und Trinken zu erleichtern, die Handschellen abgenommen.

„Zwei meiner Männer saßen ihm gegenüber“, stieß Sauerbier erbittert hervor. „Zwei kräftige Kriminalbeamte, in Selbstverteidigung geschult, zwischen sich und dem Verdächtigen einen schweren Büroschreibtisch. Was macht dieser Geistesgestörte? Trinkt gemütlich seinen Kaffee aus, klemmt sich die Zigarre zwischen die Zähne und nuschelt: ‚Ich hab jetzt genug von eurem Laden, Jungs.' Dann packt er den Schreibtisch und wirft ihn um, genau auf meine Leute drauf. Die kippen von ihren Stühlen und werden unter dem Teil begraben. Inzwischen zertrümmert er die Tür, weil er denkt, sie ist abgeschlossen, dabei geht sie bloß nach innen auf, draußen fegt er noch ein paar uniformierte Polizisten beiseite – und weg ist er."

Kommissar Sauerbier hielt erschöpft inne. „Aber warum erzähl ich dir das alles? Ich will bloß eins wissen: Habt ihr, du und deine Freunde, vielleicht eine Ahnung, wo sich der Kerl hingewendet haben könnte?"

Steffi zögerte – einen Augenblick zu lang. Sauerbier hakte sofort nach. „Ich warne dich. Wenn dir etwas über den möglichen Aufenthaltsort des Verdächtigen bekannt ist …"

Es folgte die Liste der üblichen Drohungen.

Doch Steffi ließ sich davon nicht beeindrucken. „Ich habe wirklich keinen blassen Schimmer, Herr Sauerbier. Sehen Sie, wir kennen Trucker-Joe ja eigentlich kaum. Ich hab nicht mal seine Adresse. Tut mir wirklich Leid, dass ich Ihnen nicht helfen kann."

Damit musste sich Sauerbier wohl oder übel zufrieden geben. Kaum hatte er aufgelegt, alarmierte Steffi ihren Bruder.

„Smiley, Trucker-Joe ist ausgebrochen. Der will bestimmt den Ami-Laden auseinander nehmen, und den Besitzer dazu. Ruf die andern an, vielleicht können wir das Schlimmste noch verhindern!“

Fünf Minuten später saßen sie auf ihren Bikes und strampelten mit Höchstgeschwindigkeit in die John-F.-Kennedy-Straße.

Schon von weitem sahen sie, dass sie zu spät gekommen waren. Vor dem Military-Shop parkten zwei Streifenwagen mit blinkenden Sirenen, Passanten standen herum und gafften, ein Polizist hielt sie davon ab, den Ort des Geschehens zu betreten.

Die Turbos sprangen von ihren Rädern und stürmten auf den Beamten zu.

„Was ist hier los?“, keuchte Andi, der ihn als Erster erreichte. „Ist er ... tot?“

Der Wachtmeister runzelte die Stirn. „Wer soll tot sein?“

„Na, der Inhaber von dem Laden da. Bob Marlboro.“

Jetzt musste der Mann grinsen. „Nee, da drin sieht’s zwar aus, als hätte ein Tornado gewütet, aber Tote hat’s nicht gegeben.“

„Dürfen wir mal rein?“, fragte Steffi.

Das Grinsen erlosch. „Was bildest du dir ein, Mädchen? Da drin ist jetzt die Spurensicherung.

Überhaupt, was geht euch der Fall an? Habt ihr womöglich ...“ Misstrauisch musterte sie der Polizist und zückte einen Block. „Gebt mir doch mal eure Personalien!“

Da mischte sich Smiley ein. „Sagen Sie mal, kennen Sie uns denn gar nicht mehr, Kollege? Ich sage nur: Stichwort Rastplatzräuber!“

Schlagartig wich das Misstrauen. „Mensch, klar, ihr seid die Leute vom Turbo-Club! Sagt bloß, ihr habt eure schmutzigen Fingerchen auch in diesem Fall! Lasst das bloß nicht Sauerbier merken!“

Mit Verschwörermiene legte Smiley seinen Zeigefinger an die Lippen; dann durften sie wenigstens einen Blick durch die Tür werfen.

Der Polizist hatte ziemlich untertrieben. Ein Tornado hätte bei weitem nicht so eine Verwüstung angerichtet. Vitrinen waren zerdeppert, Regale umgestürzt, Berge zerwühlter Klamotten türmten sich neben leeren Kisten, durcheinander geworfenen Messern, Pistolen, Orden, Schwertern und sonstigem Krimskrams, die Chuck-Norris-Plakate waren von der Wand gefegt und so zerknüllt worden, dass der Ärmste noch mehr Falten hatte, die Poster mit den niedlichen Muskelprotzen waren genauso in Fetzen gerissen wie die schönen bunten Stars-and-Stripes-Fahnen.

Nur der Schrank mit dem Whisky war unversehrt, ordentlich in Reih und Glied standen die Flaschen, ebenso die Stangen mit den Zigaretten, von denen nur einige aufgeplatzt auf dem Boden lagen.

In all dem Chaos standen zwei Polizeibeamte und versuchten Bob Marlboro zu beruhigen, der jammerte, als ob ihm der Himmel auf den Kopf gefallen wäre.

„Ich weiß überhaupt nicht, was los ist“, lamentierte er. „Erst kommt dieser Tank auf Beinen rein und schüttelt mich, bis ich glaub, ich fall in meine Einzelteile auseinander, fragt, wo ich die geschmuggelten Floppen habe, quatscht irgendwas von ’ner Blondine mit ’nem Schlangenring. Dann durchwühlt er alles, bis er da im Schrank die Zigaretten findet. Drei Stangen haut er an meinem Kopf in Stücke, bis ich brülle, dass die nicht geschmuggelt sind, er soll bloß mal draufgucken, bevor er mir noch den Schädel einschlägt. Dann sperrt er mich dahinten in den Schrank, schmeißt alles um, flucht wie ein Straßencop aus L. A. und verschwindet wieder.“

„Und was geschah weiter?“, fragte einer der Polizisten.

„Was denn noch?“, schimpfte Bob Marlboro. „Ich finde, verdammt noch mal, das reicht! Ich hab die Innnenriegel nach unten geschoben, dann konnte ich die Schranktür aufdrücken und mich befreien. Dann hab ich die Bull…“

Bob zuckte unter dem scharfen Blick des Wachtmeisters zusammen, „ich meine natürlich, die Polizei gerufen.“

„Komm, spielen Sie hier doch nicht den Unschuldigen!“, sagte der Beamte. „Sie können mir doch nicht erzählen, dass Sie keine Ahnung haben, was hinter der Attacke steckt! Los, auspacken, sonst nehmen wir Sie mit aufs Revier und durchleuchten mal ’n bisschen Ihr Vorleben. Wolln wir wetten, dass wir da fündig werden?“

Marlboro zupfte unruhig an der Perle in seinem Ohr. „Aber warum?“, winselte er. „Was hab ich denn getan? Ich bin doch bloß das Opfer! Ich weiß nichts, rein gar nichts! Mein Geschäft ist sauber, ich zahle meine Steuern, tu niemand was Böses, und auf einmal rücken mir so krumme Typen auf den Pelz. Heute dieses wahnsinnige Monster, neulich der hinterhältige kleine Schnüffler …“

„Was für ein kleiner Schnüffler?“, unterbrach ihn der Polizist schnell.

Die Turbos an der Tür hielten es für geraten, sich schleunigst zurückzuziehen.

„Das gibt noch Ärger“, raunte Steffi.

Wie meistens behielt sie Recht. Der Ärger kam noch am selben Abend in Gestalt eines Anrufs aus Sauerbiers Büro. Ein Beamter, den sie nicht kannten, lud sie für den kommenden Nachmittag vor. Er empfehle ihnen dringend zu erscheinen, sagte er höflich, aber äußerst kühl, sonst könne die Angelegenheit ziemlich unangenehm für sie werden.

Missmutig entschlossen sich die Turbos, die freundliche Einladung anzunehmen. Sauerbiers selbstgefällige Ermahnungen hingen ihnen zwar meterweit zum Hals heraus, aber welcher Privatdetektiv kann sich schon erlauben, es sich mit der Polizei zu verderben.

Nicht einmal einen Platz bot er ihnen an, als sie aufgereiht vor seinem Schreibtisch standen. Stattdessen fing er an, sie regelrecht zu verhören.

Ob es richtig sei, dass einer von ihnen, nämlich Smiley (Sauerbier sagte: „Fabian Blechschmidt"), in Mr Bob Marlboros Geschäft eingedrungen sei und dort widerrechtlich eine Durchsuchung vorgenommen habe?

„Hab ich nicht!", erwiderte Smiley kurz.

„Die Beschreibung ist aber eindeutig! Muss ich erst eine Gegenüberstellung veranlassen?"

Smiley grinste. „Ich hab ja nicht behauptet, dass ich nicht da war! Bloß – durchsucht hab ich nichts. Wozu auch? Ich hab mir so ’n bisschen angeschaut, was er so hat, und dann hab ich mir ’ne Wasserpistole gekauft. Erstklassige Ware, übrigens, sieht haargenau aus wie ’ne 45er, spritzt gigantisch weit und kostet noch nicht mal viel. Kann ich wirklich empfehlen. Wenn Sie mal ’n hübsches Geschenk für Ihre Frau brauchen oder so …“

„Ja, ja, schon gut. Meine Frau hat nichts übrig für Revolver.“ Sauerbier schien nicht zu merken, dass Smiley sich über ihn lustig machte.

Urplötzlich sprang er auf und zeigte auf die Turbos. „Ihr habt also den Amerikaner verdächtigt und diesen Verdacht Johannes Eckstein mitgeteilt, worauf der getürmt ist und Marlboros Laden kurz und klein geschlagen hat“, schrie er.

Steffi war es, die sich diesmal zu Wort meldete. „Wir?“, fragte sie gelassen. „Nicht, dass ich wüsste.“

„Wirklich nicht?“ Sauerbiers Stimme klang schneidend. „Ihr habt einem entflohenen Häftling Informationen gegeben …“

Eine dünne, empörte Stimme unterbrach ihn: „Aber er war doch noch gar nicht entflohen, als wir’s ihm erzählt haben!“

Im gleichen Augenblick sah Bigmäc an Sauerbiers triumphierendem Lächeln und an den betretenen Gesichtern seiner Freunde, was er angerichtet hatte. In Zukunft, beschloss er, würde er den Mund nur noch aufmachen, um einen Hamburger hineinzuschieben.

Doch im Moment half das nichts mehr; Sauerbier war Sieger auf der ganzen Linie. Und er kostete es aus, dem Turbo-Club einen schweren, wenn nicht sogar tödlichen Schlag zu versetzen.

„Ihr habt einen gewalttätigen Kriminellen zu einer Straftat veranlasst", brüllte er, „und damit einen Unschuldigen in höchste Gefahr gebracht! Ihr seid eine Bedrohung für die Allgemeinheit! Bisher habe ich eure Einmischungen geduldet ... mein Gott, man ist ja Kinderfreund ... sogar ein paar Lorbeeren habe ich euch ernten lassen. Aber das Maß ist voll! Wagt es nicht noch einmal, mir ins Gehege zu kommen! Und jetzt raus hier!"

Vernichtet, zerschmettert, geschlagen schlichen sie aus dem muffigen Büro. Sauerbier hatte sie fertig gemacht: Er war der erfahrene, überlegene, erfolgreiche Profi, sie, die Turbos, waren nichts als kindische Amateure, die mehr Schaden als Nutzen anrichteten.

Es dauerte etwas, bis sie den Schock der Niederlage überwunden hatten. Dann wollte Smiley über Bigmäc herfallen, aber Andi winkte ab.

„Lass ihn in Ruhe. Mein Geschichtslehrer sagt immer, nach dem ersten Schuss beginnt die Revolution, aber die wahren Ursachen liegen tiefer. Bigmäc hat ihm nur das Stichwort geliefert, was, nebenbei bemerkt, einmalig dämlich war …"

Der Kleine sank förmlich in sich zusammen.

„Aber Sauerbier hat schon lang auf diese Gelegenheit gewartet. Was meint ihr, wie den das gewurmt hat, dass wir schon zwei Fälle gelöst haben – ohne ihn! Und die ganze Zeit musste er ein falsches Britney-Spears-Grinsen aufsetzen, damit die Leute nicht sagen: Schaut euch mal den Polypen an, der hat nicht bloß keine Ahnung, der ist auch noch 'n schlechter Verlierer. Mensch, Leute, das hat den bestimmt halb aufgefressen. Und heute war die Gelegenheit zur Revanche. Der sitzt jetzt da drin in seinem Kabuff, lutscht am Daumen und fühlt sich zum ersten Mal seit Wochen wieder halbwegs gut."

„Und das findest du okay, was?", fauchte Smiley. „Ich aber nicht! Los, gehen wir noch mal zurück und flöten ihm wenigstens, was wir von ihm halten!"

„Tut mir Leid", gab Andi zurück. „Ich finde, das ist unter unserer Würde. Lass kleine Geister streiten, der Turbo-Club überzeugt durch die Tat!"

„Das hast du wirklich schön gesagt!“ Steffi schaute ihn bewundernd an. „Wir machen also weiter!“

Fahndung läuft

Das Frustrierende war nur, dass sie nicht recht wussten, wie sie denn weitermachen sollten. Obwohl sie inzwischen fast sicher waren, dass Bob Marlboro mit der ganzen Sache nichts zu tun hatte, setzten sie halbherzig ihre Überwachung fort. Doch außer, dass er regelmäßig zu *McDonald's* und ins Fitness-Center ging und in einem Drogeriemarkt Unmengen von Cremes, Sprays und Lotions kaufte, fanden sie nichts heraus, was ihnen bemerkenswert erschien.

Sollte Sauerbier Recht haben? Waren sie wirklich unfähige Amateure?

In jeder freien Minute beratschlagten sie, was sie unternehmen könnten. Steffi trieb sich beim *Rasenden Roland* herum und schoss eine Unmenge nichts sagender Bilder, Andi ertappte sich dabei, dass er sämtlichen Blondinen, denen er begegnete, auf die Finger sah, Smiley durchforstete das Telefonbuch nach amerikanisch klingenden Namen – alles sinnloser Aktionismus.

Zwei Tage nach Sauerbiers Triumph hatten sie vom Fall „Trucker-Joe“ die Nase gestrichen voll.

„Mensch“, vermutete Steffi, „vielleicht hat er uns ja so richtig angeschmiert mit seiner Geschichte vom armen, betrogenen Cowboy der Landstraße. Wahrscheinlich ist er längst auf und davon. Ich glaub fast, der Fall ist damit für uns erledigt. Und wenn der blöde Sauerbier nicht wär, würd ich mich noch nicht mal drüber ärgern.“

Doch sie irrte sich gewaltig. Der Fall „Trucker-Joe“ war keineswegs erledigt, er wurde erst richtig kompliziert.

Hinter der Autowerkstatt, abgeschirmt von einer Mauer und hohen Ligusterhecken, befand sich ein gepflasterter Hof, auf dem Altreifen und alle möglichen Gerätschaften lagerten; auch zwei uralte Golfs befanden sich dort, die Terminator als Ersatzteillager für seine Granate dienten. Von der Werkstatt aus führte ein Doppeltor in den Hof, einziger Zugang von außen war eine Metalltür, die in einer stillen Seitenstraße in die Mauer eingelassen war, und die seit Ewigkeiten niemand mehr benutzt hatte.

Heute aber machte sich jemand daran zu schaffen, rüttelte an der Klinke, erst sanft, dann heftiger und schließlich mit aller Kraft. Doch eine verschlossene Tür ist eine verschlossene Tür, und wenn man keinen Schlüssel hat und sie nicht aufbrechen will, dann bleibt sie's auch.

Der Unbekannte fluchte und versetzte der Tür einen Tritt, doch da sie aus Eisen und außerdem völlig eingerostet war, passierte nichts, außer dass dem Fremden die Zehen wehtaten.

Immer noch fluchend ging er daraufhin in die Knie, holte mit beiden Armen aus und sprang. Dann hing er der Länge nach an der Tür, die Hände um den Rahmen geklammert, seine Füße zappelten zwanzig Zentimeter über dem Boden. Er lief an, erst rosa, dann dunkelrot, dicke Schweißtropfen perlten auf seiner Stirn, während er sich Zoll für Zoll hinaufzog, bis er schließlich bäuchlings über der oberen Türkante lag und keuchend nach Luft schnappte, weil sich das scharfe Eisen in seinen Wanst bohrte und ihm den Atem nahm.

Wie sollte er da herunterkommen? Er konnte nicht gut einen Kopfsprung machen! Ruckend und zappelnd, stöhnend und ächzend, schwitzend und fluchend rutschte er seitwärts, bis er auf der Mauerkrone lag und sich mühsam hinunterhangeln konnte.

Als er endlich im Hof stand, warf er der Tür

einen Blick zu, der sie, wäre sie nur dünner gewesen, zum Schmelzen gebracht hätte, versetzte ihr einen letzten Tritt und schlurfte dann erschöpft zum hinteren Werkstatt-Tor. Inzwischen war es dämmerig geworden, gerade flammte drinnen das Licht auf.

Der Fremde ballte die Faust, holte aus, besann sich im letzten Moment und klopfte leise, ganz leise mit dem Knöchel des Zeigefingers gegen eine der Scheiben, die in das Tor eingelassen waren.

Niemand reagierte, nichts rührte sich. Der abendliche Besucher hatte die Grenzen seiner Geduld erreicht. Er ballte eine Hand zur Faust und donnerte gegen das Glas. Es handelte sich um Sicherheitsglas, sonst wäre es zersplittert. So hatte es nur einen Sprung.

Jetzt wurde es drinnen lebendig. Energische Schritte näherten sich, die Tür wurde aufgerissen und eine riesige, ölverschmierte Gestalt wurde sichtbar.

„Welcher hirnverbrannte, durchgeknallte … ach du grüne Scheiße, du bist es!“

„Ja, ich bin es“, ächzte Trucker-Joe, „und wenn du mich nicht gleich reinlässt und mir was zu essen bringst, bist du an meinem frühen Tod schuld.“

Wortlos ließ Terminator den Torflügel aufschwingen und zog seinen Besucher nach drinnen. Er schob ihm eine eiserne Werkzeugkiste zurecht, auf der sich Trucker-Joe stöhnend niederließ.

„Mann, Kumpel, ich bin vielleicht fertig!“, jammerte er. „Tagelang nichts zu essen, geschlafen hab ich in der alten Kiesgrube, getrunken nichts als Wasser. Schau mich an, mich trennen bloß noch Millimeter von meinem Gerippe.“

Das war leicht übertrieben, am Weltkugelformat Trucker-Joes hatte sich nicht allzu viel verändert. Aber trotzdem bot er ein Bild des Jammers. Die Baseballkappe saß zerknautscht auf dem strubbeligen Haar, im Sweatshirt hingen Blätter und Tannennadeln, und die Backen seines Mondgesichts wirkten tatsächlich etwas eingefallen.

„Bist du denn völlig wahnsinnig geworden?“, schimpfte Terminator. „Wie kann man bloß so blöd sein! Du hast ’ne gemütliche Zelle gehabt, dreimal am Tag Essen und Trinken, warum, in drei Teufels Namen, bist du abgehauen?“

„Warst du schon mal im Knast?“, erkundigte sich Trucker-Joe.

„Natürlich nicht!“

„Siehste, deshalb kannst du das nicht kapieren. Ich war schon mal drin. Vor zehn Jahren ungefähr. Es ging um ’n ... na, ist ja eigentlich egal. Jedenfalls hab ich einen Kerl ... also, der hat hinterher ’n ziemlich dickes Gesicht gehabt. Der Richter war ’n verdammt scharfer Hund, hat mir drei Monate ohne Bewährung aufgebrummt, wegen gefährlicher Körperverletzung. Ich sag dir was, ich wär beinah verreckt im Bau. Ich hab’s einfach nicht ausgehalten. Ich brauch das, vor mir die Straße, Fenster auf, Radio volle Pulle, und dann immer weiter, ohne dass mir jemand was vorschreiben kann. Als ich wieder rauskam, war ich total am Ende. Mein alter Boss wollte nichts mehr von mir wissen. Dann hat mir Overstolz ’ne Chance gegeben, seitdem fahr ich für ihn. Und jetzt haben sie mich wieder eingebuchtet. Aber diesmal bin ich unschuldig, verstehst du? Ich hab nicht eine von den verdammten Floppen geschmuggelt. Das hab ich den blöden Polypen zum zwanzigsten Mal erzählt, und sie haben mir’s immer noch nicht geglaubt. Da hab ich die Fliege gemacht.“

Trucker-Joe hielt erschöpft inne. Terminator sah ihn mitfühlend an.

„Also gut“, seufzte er, „ich will sehen, was ich für dich tun kann. Du gehst als Erstes unter die Dusche da hinten, du stinkst nämlich wie ein Wiedehopf. Dann sehen wir weiter.“

Während Trucker-Joe in der Dusche verschwand, alarmierte Terminator die Turbos.

Steffi und Smiley kamen als Erste. Sie hatten eine Wolldecke dabei, außerdem ein Riesentrumm kalten Schweinebraten und zwei Flaschen Bier. Andi folgte wenig später. Er brachte einen alten Bademantel seines Vaters mit, einen Laib Brot, einen Ring Fleischwurst und drei Flaschen Bier. Als Letzter erschien Bigmäc, mit zwei Stück Sahnetorte, einer Flasche Rotwein und drei Büchsen Delikatess-Hummersuppe aus der Dose.

„Tut mir Leid", entschuldigte er sich, „Hamburger konnte ich in der Eile nicht mehr besorgen."

Terminator reichte Trucker-Joe den Bademantel in die Dusche, dann kam der Dicke heraus. Der Mantel war ihm um einiges zu lang, aber das störte nicht weiter. Denn weil er sich oben prall wie die Haut eines aufgeblasenen Luftballons über dem fülligen Leib spannte, stand er unten ab wie ein Ballettröckchen und hatte deshalb keine Bodenberührung. Vorne klaffte er ein Stück auseinander und gab den Blick auf eine von Terminators wunderschönen Boxershorts frei – mit Bambis und Fliegenpilzen –, die, so groß sie waren, bei Trucker-Joe wie ein Tangaslip wirkten.

Ein ziemlich komisches Bild war das, aber trotzdem lachte von den Turbos keiner, denn

Trucker-Joe war sichtlich aus der Fassung und seine Augen schimmerten feucht.

„Ihr seid wirkliche Kumpels“, sagte er und seine Stimme bebte geradezu vor Rührung. „Das vergisst euch Trucker-Joe nie. Niemals, ich schwör’s.“

Terminator räusperte sich verlegen. „Iss erst mal was“, brummte er.

Trucker-Joe sah, was die Turbos vor ihm ausgebreitet hatten. Aus dem gerührten Schimmern seiner Augen wurde ein erwartungsvolles Glänzen, und dann machte er sich über die mitgebrachten Köstlichkeiten her. Der Schweinebraten, die Fleischwurst, ein halber Laib Brot und die zwei Tortenstücke verschwanden ohne viel Federlesens zwischen seinen mahlenden Kiefern und wurden mit drei Fläschchen Bier hinuntergespült.

„Ah, das hat gut getan“, stöhnte er anschließend zufrieden. „Noch so ein Tag, und ich wär qualvoll verhungert. Wie geht’s jetzt weiter?“

„Am besten, du stellst dich“, schlug Andi vor, aber da geriet er an den Unrechten.

„Stellen? Ich? Mich? Bist du wahnsinnig?“

„Aber du bist doch unschuldig …“

„Na und? Wen interessiert das? Euern Kommissar Sauertopf vielleicht?!“

„Sauerbier“, murmelte Andi.

„Das ist wurscht, sauer ist sauer. Der will mich doch bloß hinter Gittern haben, damit er mit einem gelösten Fall protzen kann. Der würd mich doch eiskalt auf den elektrischen Stuhl schicken, bloß damit er Recht behält. Nee, in den Knast geh ich nicht mehr. Nicht freiwillig.“

Da war nichts zu machen, und ganz so Unrecht hatte Trucker-Joe ja auch nicht: Sauerbier war von seiner Schuld überzeugt, und wenn Sauerbier von etwas überzeugt war, dann war ein Maulesel ein Wunder an Flexibilität gegen ihn.

Aber was sollten die Turbos sonst mit dem dicken Cowboy der Landstraße anstellen?

Eine Zeit lang, in der Trucker-Joe zwei weitere Bierflaschen leerte, gingen die Turbos, teils schweigend, teils heftig diskutierend, mit sich zu Rate. Steffi war es, die schließlich den zündenden Einfall hatte.

„Wir bringen ihn im Headquarters unter!“, sagte sie. „Terminator leiht ihm noch ein paar Klamotten, besorgt ihm Rasierzeug, Seife und so weiter, und wir andern übernehmen seine Verpflegung. Andi organisiert das Ganze, bei ihm fällt es am wenigsten auf, seine Eltern sind meistens nicht da.“

Der Vorschlag wurde einstimmig angenommen. Mit der Granate wurde Trucker-Joe ins

Gartenhaus der Blechschmidts verfrachtet und richtete sich dort, so gut es ging, häuslich ein.

Ab sofort entwickelten die Mitglieder des Turbo-Clubs einen erstaunlichen Appetit. Besonders Andi verzehrte auf einmal ungeheure Mengen Brot, Käse und Wurst und entwickelte außerdem eine seltsame Vorliebe für Tütensuppen. Die Haushälterin bemerkte es mit Verwunderung, aber sie dachte sich: Der Junge ist eben im Wachstum. Außerdem ist er viel zu viel allein. Was soll man schon anderes tun als essen, wenn man so viel allein ist!

Von daher gesehen ging zunächst alles gut. Dennoch war den Turbos klar, dass sie Trucker-Joes Unschuld so schnell wie möglich beweisen mussten. Denn ewig konnten sie den Dicken nicht vor der Polizei verstecken. Schon nach kurzer Zeit würde er merken, dass er ein Gefängnis nur gegen ein anderes vertauscht hatte, und sich so knurrig und gereizt benehmen wie ein Tiger im Käfig.

Doch obwohl sie grübelten, diskutierten und kombinierten, sie kamen keinen Schritt voran, sie wussten einfach nicht, wo sie mit ihren Ermittlungen ansetzen sollten. Und wenn Natascha Kraushaar nicht gewesen wäre, hätten sie über kurz oder lang aufgeben müssen.

Die schöne Unbekannte

Eines Abends nämlich, nach einem ausgiebigen Pizzaessen mit ihrem Freund Terminator, verspürte Natascha noch große Lust, in eine Bar zu gehen, verträumte Musik zu hören und einen netten kleinen Cocktail zu schlürfen.

Terminator war von ihrer Idee wenig begeistert. Die Musik, die er schätzte, war zum Beispiel der Klang eines Achtzylinders, wenn man bei 90 km/h in den zweiten Gang zurückschaltete, und sein Lieblingscocktail kam direkt aus dem Fass und nannte sich „Neuhauser Edelherb“.

Weil er aber Natascha liebte wie nichts auf der Welt, ausgenommen vielleicht die Granate, seinen uralten Golf GTI, gab er nach und ließ sich schicksalsergeben von ihr in *Rick's Bar* entführen, einen Schummerlichtschuppen mit Tigerfellsesseln und einer chrom- und spiegelblitzenden Bar, in der ganze Regimenter von Flaschen auf zahlende Gäste warteten. Ein Klavier gab es auch, schwarz poliert, mit einem müden jungen Mann, der träge darauf herumklimperte.

Natascha zog ihren Freund zur Bar und bestellte zwei „Blue Lewd Moon“, obwohl sie nicht wusste, was das eigentlich war, aber es hörte sich wahnsinnig romantisch an.

Bald kamen die Drinks, quietschblau wie verdünnte Tinte, in ungeheuren Gläsern. Sie prostete Terminator zu, trank, lauschte andächtig der Musik und summte dann leise mit: „You must remember this, a kiss is still a kiss ...“.

Plötzlich hörte sie auf. „Schau dir die an“, zischte sie.

Terminator hatte einen anstrengenden Arbeitstag hinter sich, das sanfte Geplätscher des Pianos hatte ein Übriges getan – er war ein wenig eingenickt.

„Du pennst doch nicht etwa?“ Nataschas Stimme wurde kein bisschen lauter, aber scharf wie ein Teppichbodenmesser.

Terminator riss es förmlich von seinem Barhocker. „Aber natürlich nicht, Schatz! Was ist los?“

„Da neben dem Barkeeper, die! Schau sie dir an, sag ich!“

Terminator blinzelte verschlafen. Er sah eine Frau, so Anfang dreißig, mit langem, dunklem Haar und üppiger Figur. Seine Müdigkeit verschwand sofort und er pfiff bewundernd durch die Zähne.

„He, du sollst sie nicht *so* anschauen“, sagte Natascha empört. „Nicht als Frau!“

„Ja, wie denn sonst? Als Heißwasserboiler vielleicht?“

Natascha schüttelte verzweifelt den Kopf.

„Jetzt guck doch mal genau hin, was sie macht!“

Terminator beobachtete sie eine Weile.

„Sie raucht“, stellte er dann fest.

„Ist nicht möglich! Was dir alles auffällt! Aber wie raucht sie?“

Terminator war nahe dran, sich an die Stirn zu tippen. Nur der ungeheure Respekt, den er vor Natascha hatte, hinderte ihn daran.

„Na, wie schon! Sie steckt eine Zigarette zwischen die Lippen, zündet sie an und ... ach so!“

Die unbekannte Dame hatte wirklich eine seltsame Art zu rauchen. Sie machte zwei, drei Züge, drückte die Zigarette mit einer Gebärde des Abscheus aus, um sich gleich darauf eine neue anzustecken.

„Sie raucht wie jemand, der eigentlich nicht rauchen will, es aber nicht lassen kann“, stellte Natascha leise fest. „Und jetzt sieh dir ihre Hand an. Die linke.“

Terminator bekam große Augen. „Mensch, ich fass es nicht! ’n Schlangenring!“

Er brauchte eine Weile, um das zu verdauen.

„Ist schon komisch“, sagte er dann. „Aber trotzdem ... die da ist schwarzhaarig.“

Für diesen Einwand hatte Natascha nur ein mitleidiges Lächeln übrig; schließlich war sie Friseurin. „Das hat doch überhaupt nichts zu sagen. Kennst du Lolly Winters?“

„Klar“, sagte Terminator, ohne zu überlegen. Dann wurde er rot. Denn Lolly Winters war die Moderatorin eines Sexmagazins. „Hab ich zufällig mal gesehen“, erklärte er verlegen. „Beim Durchzappen. So ’ne leicht angestaubte Blondine ...“

„Siehst du!“ Natascha triumphierte. „Lolly Winters ist in Wahrheit ein junger Mann mit kurzen schwarzen Haaren! Mit Perücke und Schminke ist alles möglich!“

Terminator war völlig von den Socken. „Echt? Hätt ich nie gedacht.“ Mit plötzlichem Misstrauen musterte er seine Freundin. „Woher kennst du eigentlich Lolly Winters?“

Jetzt wäre es an Natascha gewesen, rot zu werden, aber sie dachte gar nicht daran. „Ich muss schließlich wissen, was du dir so anguckst“, sagte sie spitz. „Aber das ist doch jetzt ganz egal. Wichtig ist bloß: Wir haben Trucker-Joes schöne Unbekannte gefunden, da bin ich ganz sicher. Das sollten die Turbos schleunigst erfahren.“

Nataschas Entdeckung wirkte wie ein Befreiungsschlag. Endlich waren die Zeiten der lähmenden Untätigkeit vorbei, die Tage, an denen man bloß sinnlos herumdiskutierte, ohne einen einzigen Schritt voranzukommen. Sie hatten wieder ein Ziel vor Augen!

Am Nachmittag darauf trafen sich alle Turbos, einschließlich Terminator, im Headquarters.

Trucker-Joe, der nervös und aggressiv war wie eine Wespe über dem Marmeladenglas, wurde mit einer Cervelatwurst und zwei Flaschen Bier erst einmal ruhig gestellt. Dann wurden die erforderlichen Maßnahmen besprochen.

Steffi hatte ein Telefonbuch mitgebracht. Sie schlug es auf und deutete auf eine Zeile in der Rubrik „Gaststätten“.

„Hier steht’s: *Rick’s Bar*, Partisanengasse 47, Pächterin Virginia von Habée. Das muss sie sein! Ich habe auch ihre Privatadresse: Bergmanplatz 31. Die Dame muss sofort möglichst lückenlos überwacht werden.“

„Okay“, sagte Terminator, den inzwischen auch das Jagdfieber gepackt hatte. „Übernehmt ihr das. Aber zuerst gehe ich mit Trucker-Joe in *Rick’s Bar*. Mal sehen, ob er seine neue Liebe identifizieren kann.“

„Neue Liebe?“, grollte der Dicke und ballte die

Fäuste. „Wenn sie's ist, Kumpel, wird sie den Tag ihrer Geburt verfluchen. Dann dreh ich ihr nämlich ..."

„Gar nichts wirst du", fiel ihm Terminator schroff ins Wort. „Weder drehen, noch sonst was! Du bist zur Fahndung ausgeschrieben, vergiss das nicht! Du darfst auf keinen Fall irgendwie auffallen, sonst bist du in null Komma nix wieder im Bau."

„Mensch, wie soll das überhaupt gehen?", wollte Smiley wissen. „Trucker-Joe ist so unauffällig wie ein Kuhfladen auf einer Himbeertorte. Den erkennt doch bestimmt einer!"

„Das lass mal meine Sorge sein", lautete Terminators unbestimmte Antwort.

Am nächsten Abend, so gegen zehn Uhr, rollte ein schwarzer BMW, 7er Reihe, vor *Rick's Bar* an. Ein kleiner, außerordentlich breitschultriger und beleibter Chauffeur, mit grauem Anzug, grauer Krawatte und grauer, tief in die Stirn gedrückter Schirmmütze sprang heraus, wieselte um das Fahrzeug herum und öffnete die rechte Fondtür.

„Bitte sehr, Herr Generaldirektor!"

Würdevoll kletterte der Passagier aus dem Wagen, ein wahrer Riese von einem Generaldirektor, im dunklen, ein wenig knapp sitzenden

Nadelstreifenanzug, mit einer für einen Wirtschaftsboss eher ungewöhnlich gemusterten Krawatte, nämlich mit rosa Herzchen auf grasgrünem Grund.

Er zog an einer Zigarre und befahl, während er dicke Qualmwolken ausstieß: „Also, Franz, Sie holen mich dann wie besprochen ab!“

„Sehr wohl, Herr Generaldirektor!“

Der Herr Generaldirektor betrat das Lokal, setzte sich an einen Tisch, von dem aus er die Bartheke genau im Auge hatte, und bestellte sich einen doppelten Whisky. Hinter der Theke befand sich nur ein einsamer Barkeeper, der Zitronen in Scheiben schnitt, Gläser spülte und sich zwischendurch mit einem Korkenzieher die Fingernägel reinigte.

„Verdammt, die Schnepfe wird doch nicht ausgerechnet heute ihren freien Abend genommen haben“, schimpfte der Herr halblaut und paffte nervös an seiner Zigarre. „Los, komm schon!“

Doch seine Geduld wurde auf eine harte Probe gestellt. Erst eine geschlagene Stunde und zwei Whiskys später öffnete sich in der Wand hinter der Theke eine verspiegelte Tür und eine schwarzhaarige Frau trat heraus.

Sie zündete sich sofort eine Zigarette an, machte zwei, drei hektische Züge und drückte sie wieder aus.

Verstohlen zog der Herr im Nadelstreifenanzug sein Handy hervor, tippte eine Nummer ein und wartete.

„Es ist so weit“, sagte er dann.

Wenige Sekunden später ging die Tür auf und der breitschultrige Chauffeur kam herein. Er stellte sich vor seinen Boss, fasste sich grüßend an die Schirmmütze, ohne sie allerdings abzunehmen, und sagte knapp: „Stehe zu Ihren Diensten, Herr Generaldirektor!“

„Ach, wissen Sie was, Franz, setzen Sie sich doch zu mir und trinken Sie einen Schluck mit mir!“, schlug der Generaldirektor liebenswürdig vor.

„Ich bin so frei“, erwiderte Franz, setzte sich bescheiden auf die Stuhlkante und bestellte ein Bier – alkoholfrei selbstverständlich.

Als er den ersten Schluck genommen hatte, wandte sich die Dame hinter dem Tresen um, so dass er ihr Gesicht erkennen konnte.

„Sie isses“, stieß er mühsam beherrscht hervor, „kein Zweifel möglich, sie isses!“

Er knirschte mit den Zähnen und spannte die Muskeln wie ein Tiger vor dem Sprung, doch eine gewaltige Pranke legte sich auf seinen Unterarm und nagelte ihn auf der Tischplatte fest.

„Beherrschen Sie sich, Franz! Wir wollen gehen!“

„Gehen?“, gab der Dicke zurück und vergaß ganz die Rolle, die er spielen sollte. „Hast du gehen gesagt? Da vorn steht die Tussi, die mich in den Knast gebracht hat, und ich soll abflattern, ohne irgendwas zu unternehmen?“

„Ja, was denn sonst, du Hohlkopf?“ Der „Generaldirektor“ dämpfte seine Stimme zu einem ärgerlichen Raunen. „Willst du vielleicht auf sie zugehn und sagen: ‚Ich bin Hauptkommissar Trucker-Joe, schön, Sie wieder zu sehen, Sie sind verhaftet‘? Oder willst du wie üblich alles kurz und klein schlagen? Das hier ist erst der Anfang, jetzt brauchen wir Beweise. Und im Ranschaffen von Beweisen sind die Turbos erstklassig, glaub's mir!“

Terminator telefonierte gerade, als Steffi am nächsten Tag in die Werkstatt stürmte.

„Also, geht klar. Ich seh dir dafür den Jaguar kostenlos durch. Bloß fällige Ersatzteile müsst ihr selbst bezahlen. Servus, und danke noch mal!“

Er legte auf und erklärte: „Das war 'n Kumpel vom Limousinendienst. Hat mir gestern 'nen BMW und 'ne Chauffeursuniform ausgeliehen.“

„Wofür das denn?“, erkundigte sich Steffi neugierig.

„Ich war als Bigboss in *Rick's Bar*. Mit Trucker-

Joe als Chauffeur. Natascha hat Recht gehabt. Das ist die Frau aus der Raststätte. Zweifelsfrei."

„O Mann, und ich dachte, ich bring sensationelle Neuigkeiten", sagte Steffi fast ein wenig enttäuscht. „Virginia von Habée fährt nämlich 'nen dunkelblauen Z 3."

Terminator nickte befriedigt. „Wieder ein Teil für das große Puzzle. Und nebenbei bemerkt: Bob Marlboro können wir endgültig streichen. Hast du die Frau mit dem Auto im Kasten?"

Steffi klopfte auf ihre Kamera. „Alles drin. In Großaufnahme. Und morgen mach ich weiter."

Sofort nach der Schule bezog sie wieder Posten vor der Wohnung der Barbesitzerin. Schräg gegenüber gab es einen kleinen Supermarkt, vor dem eine Bank stand. Am Straßenrand parkten, eins hinter dem andern, die Autos der Anwohner. Ideale Ausgangssituation für eine Überwachung!

Steffi kaufte sich in dem Laden eine Tüte Plätzchen und eine Zeitung, hockte sich auf die Bank und begann zu lesen, die Kamera griffbereit neben sich. Mit befriedigtem Nicken nahm sie zur Kenntnis, dass sich der blaue Z 3 unter den parkenden Autos befand; das Objekt war offenbar zu Hause. Mit der Geduld eines Profis wartete Steffi alles Weitere ab.

14.00 Uhr: Ein Vorhang in der Wohnung des Objekts wird zur Seite geschoben, ein Gesicht, verschlafen, ungeschminkt, das Oberteil eines Nachthemds, spitzenbesetzt und tief ausgeschnitten, wird sichtbar.

Klackklackklack – Zoom-Objektiv und automatische Schärfe-Regulierung ermöglichen nahezu bildfüllende Porträts.

14.30: Dasselbe Gesicht, sorgfältig zurechtgemacht, erscheint, dunkle Augen blicken suchend die Straße auf und ab. Klackklackklack, wieder dreimal Nahaufnahme.

14.40: Ein schwarzer Mercedes, E-Klasse, rollt heran, quetscht sich schräg in eine viel zu enge Parklücke, so dass das Vorderteil des Fahrzeugs den Radweg blockiert. Ein eleganter Herr steigt aus, winkt, das Objekt winkt zurück, der Herr betritt das Haus. Klackklackklackklack, jede Phase festgehalten.

15.15: Der Herr verlässt das Haus, begleitet vom Objekt. Am Auto bleiben sie stehen, reden aufeinander ein, gestikulieren. Klackklackklack!

Streiten sie? Nein, im Gegenteil: Jetzt fallen sie sich in die Arme, küssen sich. Klackklackklack, Nahaufnahme.

Mensch, die verschlucken sich ja gegenseitig! Noch fünf Aufnahmen, dazu eine sechste, die das Kennzeichen des Mercedes festhält.

Langsam fuhr der Wagen davon, das Objekt kehrte in seine Wohnung zurück. Steffi wartete noch eine halbe Stunde, dann hatte sie das Gefühl, für heute ihre Pflicht getan zu haben. Sie packte Kamera, Zeitung und Kekse zusammen, schwang sich aufs Rad und brachte den Film zum Schnellentwicklungsdienst.

Gefangen!

24 Stunden danach saßen Andi, Smiley, Bigmäc und Trucker-Joe im Headquarters und starrten erwartungsvoll auf den Umschlag, den Steffi in der Hand hatte.

„Erwartet nicht zu viel“, sagte sie. „Die Habée hat Besuch von ihrem Liebhaber gehabt. Ich hab den Typen noch nie gesehen ...“

Sie breitete die Aufnahmen vor sich auf dem Tisch aus. Die Reaktion fiel anders aus, als sie erwartet hatte.

„Der?“, schrie Smiley. „Der?! Das gibt’s doch nicht!“

Trucker-Joe saß reglos da, die Zähne so fest

zusammengepresst, dass die Kieferknochen hervortraten. Dann löste sich seine Erstarrung, seine Faust krachte auf den Tisch, dass die Fotos tanzten, und er stieß hervor: „Dieses widerliche Schwein! Dieser miese Hund! Diese hinterhältige Ratte!“

„Eine Rattenhundsau, sozusagen“, warf Smiley ein, aber Trucker-Joe hatte keinen Sinn für Scherze.

„Ich dachte, er wäre mein Freund! Ich zerquetsche ihn! Ich dreh ihn durch den Wolf! Ich mach Büchsenfleisch aus ihm!“

Er holte tief Luft. Andi nutzte die Pause, um sich zu erkundigen: „Darf man erfahren, was an diesen Fotos so Besonderes ist? Da knutschen zwei. Na, und?“

„Was da dran Besonderes ist?“, wiederholte Smiley. „Schnell gesagt. Die Frau ist die, die Trucker-Joe an der polnischen Grenze was in den Kaffee geschüttet hat. So viel hast du schon mitgekriegt, oder?“

Andi nickte.

„Und der Bursche, der sie da so hingebungsvoll abschleckt ... das ist kein anderer als Herr Roland Overstolz, Trucker-Joes ehrenwerter Chef!“

Das war allerdings ein Hammer! Die Turbos dachten schweigend über die Tragweite dieser

Tatsache nach, während Trucker-Joe unaufhörlich vor sich hin murmelte: „Ich mach ihn fertig! Ich tret ihm in den Hintern, bis er zu Staub zerfällt! Ich hau die Wahrheit aus ihm heraus!“

Steffi schüttelte schließlich energisch den Kopf. „Du machst am besten gar nichts, sonst bringst du dich noch mehr in Schwierigkeiten. Bisher ist noch nichts erwiesen. Überleg doch mal! Erstens: Da gibt’s eine Frau, die du angeblich in einer Raststätte in Polen getroffen hast. Na, und? Wenn sie das abstreitet, steht ihr Wort gegen deins. Und zweitens: Sie hat einen Liebhaber, der zufällig auch dein Chef ist. Was bedeutet das schon?“

Sie wandte sich zu den anderen. „Ich denke, es herrscht Übereinstimmung: So, wie Sauerbier uns zur Schnecke gemacht hat, kriegt er keinen Tipp von uns. Jedenfalls nicht, bis der Fall hieb- und stichfest ist!“

Niemand widersprach.

„Dann schlage ich vor, wir sehen uns heute Abend mal ’n bisschen um in der Spedition, einverstanden? Trucker-Joe, du bleibst hier und lässt nicht mal deine Nasenspitze sehen. Sonst buchten sie dich wieder ein. Und ein zweites Mal lassen sie dich bestimmt nicht entwischen.“

Trucker-Joe brummte etwas Unverständliches vor sich hin. Steffi atmete auf.

Er schien sich zu fügen.

Auf dem Heimweg fragte Andi: „Sollten wir Terminator nicht besser mitnehmen?“

Smiley wiegte zweifelnd den Kopf. „Ich weiß nicht. Zumindest ist das Hausfriedensbruch, was wir da vorhaben. Da sollten wir ihn besser raushalten. Er ist schließlich nicht mehr minderjährig.“

Das leuchtete den anderen ein. „Hauptsache, Trucker-Joe macht keine Dummheiten“, sagte Andi.

„Ach wo.“ Smiley winkte ab. „Der hat viel zu viel Angst vor dem Knast.“

Er kannte Trucker-Joe schlecht. Kaum waren die Turbos verschwunden, schluckte er die letzten zwei Flaschen Bier, stopfte einen Ring Fleischwurst in sich hinein und machte sich auf den langen, mühseligen Fußmarsch zum Firmengelände der Roland Overstolz GmbH.

Eineinhalb Stunden dauerte es, bis er sein Ziel erreicht hatte, und mit jeder Minute wuchs sein Grimm. Als er vor dem hölzernen Eingangstor stand, drückte er die Klinke. Es war offen. Er trat ein, überquerte mit schnellen Schritten das Gelände und stapfte die Stufen zum Bürogebäude hinauf. Diese Tür war verschlossen.

Er hielt sich nicht mit Klopfen auf, sondern

hob den Fuß und trat mit der Wucht einer halben Tonne dagegen. Es krachte, Splitter flogen, das Schloss brach heraus.

Trucker-Joe zog die Tür, oder was von ihr übrig geblieben war, auf und trat ein.

Roland Overstolz, wie immer untadelig gekleidet, hockte verstört in seinem schwarzledernen Chefsessel hinter seinem feudalen Schreibtisch und starrte dem Eindringling entgegen. Augen und Mund waren weit aufgerissen, sein Gesicht war eine Maske der Furcht.

Doch er hatte sich bald gefasst.

„Du bist es, Trucker-Joe? Wie schön!“, sagte er mit gekünstelter Freundlichkeit. „Haben sie dich endlich freigelassen? Ich wusste ja immer, dass du unschuldig bist!“

„Spar dir das Gesülze!“, knurrte Trucker-Joe, packte einen Besucherstuhl und donnerte ihn gegen die Aktenschränke. Der Stuhl zerbarst in mehrere Teile, ein Bein behielt er in der Hand. „Jetzt wird Klartext gesprochen!“

„Mensch, Trucker-Joe, wir sind doch immer Freunde gewesen! Hast du vergessen, was ich alles für dich getan habe? Komm, setz dich erst mal und trink ’n Schluck, ich kann dir alles erklären!“

Overstolz’ Stimme triefte honigsüß, doch Trucker-Joe blieb unbeeindruckt.

„Ich glaub, ich wiederhol mich: Hör auf mit dem Gesülze. Jetzt wird abgerechnet!“

Er machte ein paar Schritte auf den Schreibtisch zu. Hastig griff Overstolz in eine Schublade. Seine Hand tauchte mit einer großen, schwarzen Pistole wieder auf, deren Mündungsöffnung bedrohlich auf Trucker-Joe gerichtet war.

„Okay, Dicker, Schluss mit den höflichen Floskeln. Noch einen Millimeter weiter und dein Wanst hat ein paar Löcher! Nimm die Hände hoch und dann geh ganz langsam zur Tür zurück!“

Trucker-Joes Wut hätte ausgereicht, um einem gereizten Elefantenbullen entgegenzutreten, aber eine Pistole war eine Pistole, und Selbstmörder war er keiner. Also machte er, was Overstolz, der inzwischen hinter dem Schreibtisch hervorgekommen war, von ihm verlangte.

„Und jetzt dreh dich mit dem Gesicht zur Wand!“

Trucker-Joe gehorchte, spannte die Muskeln an und wartete auf seine Chance. Aber sie kam nicht.

Leise und geschmeidig wie eine Katze sprang Overstolz heran und hieb ihm den Kolben der Waffe über den Schädel.

Stöhnend sank Trucker-Joe zusammen und verlor das Bewusstsein.

Als er wieder zu sich kam, lag er zusammengeschnürt wie ein Paket auf einem Gabelstapler. Er riss und zerrte an den Fesseln – vergeblich. Er wollte drohen, schreien, fluchen – aber sein Mund war zugeklebt. So blieb ihm nichts übrig, als sich in sein Schicksal zu ergeben und düstere Rachegedanken zu hegen.

Über ihm im Fahrersitz, thronte Roland Overstolz und schaute mit einer Mischung aus Wut und Hohn auf ihn herunter.

„Das hast du dir wohl so gedacht, was? Einfach in meinen Laden trampeln und mich fertig machen, was? Aber nicht mit mir, Dicker! Ich werd noch in der Frühstückspause mit zehn von deiner Sorte fertig. Mann, wenn man zu dir Ochse sagt, dann ist das eine Beleidigung für dieses intelligente Tier! Warum musst du wie ein Beknackter durch die Gegend rasen und dich auch noch erwischen lassen? Mensch, wärst du bloß in aller Ruhe zum Rastplatz Berneck gefahren, da hättest du noch ein Ründchen geschlafen, und alles wäre bestens gewesen. Und hinterher, du Blödmann! Den besten Anwalt hab ich dir geschickt. ’N halbes Jahr auf Bewährung und ’n paar Tausender Geldstrafe, dann wärst du aus dem Schneider gewesen. Aber du musst ja auf unschuldig machen und den großen Rächer spielen. Selbst schuld, Dicker! Jetzt ist Endstation für dich!“

Er gab Gas, das Fahrzeug sauste auf einen Truck zu, der im Hof stand. Overstolz liftete die Plane über die Ladekante, drückte, wieder im Gabelstapler, einen Hebel, und langsam glitt die Gabel erst in die Höhe, dann nach vorne, bis Trucker-Joe über der Ladefläche schwebte.

„Tut mir Leid, du bist keine Palette“, grinste Overstolz, „bei dir muss ich etwas nachhelfen.“

Er sprang auf die Gabel, zog, zerrte und trat, bis Trucker-Joe unsanft über das Bodenblech purzelte, dann schleifte er ihn an die rechte Seite des Laderaums.

„Angenehmen Aufenthalt, Dicker“, höhnte er, während er seinem Gefangenen eine schwere, gummierte Plane überwarf. „Ich hoffe, du hast dein Testament schon gemacht. Jetzt hast du nämlich keine Gelegenheit mehr dazu.“

Schwarze Finsternis umgab Trucker-Joe, er hörte noch das Surren des davonrollenden Gabelstaplers, dann war Stille.

Es dämmerte schon, als Andi, Steffi und Smiley – Bigmäc hatten sie trotz seines heftigen Protests zu Hause gelassen – vor dem Gelände des *Rasenden Rolands* eintrafen.

Niemand war zu sehen, das große Doppeltor war verschlossen und zusätzlich mit einer eisernen Kette und zwei Vorhängeschlössern gesichert.

„Kein Problem", sagte Smiley. „Mach 'ne Leiter, Andi!"

Er stieg auf Andis verschränkte Hände, dann auf die Kette, hievte sich über den Rand des Tors und ließ sich auf der anderen Seite zu Boden fallen.

Drinnen sah er sich um. Ein einzelner Truck, die Laderampe mit dem Bürogebäude, Stapel folienverschweißter Paletten, drei Lagerschuppen. Keine Menschenseele ließ sich blicken.

„Die Luft ist rein!", raunte er nach draußen. „Ihr könnt kommen!"

Steffi folgte auf dieselbe Weise wie ihr Bruder. Andi nahm Anlauf, sprang, bekam die Torkante zu fassen und schwang sich hinüber.

Mit klopfendem Herzen warteten die drei, ob sich etwas rührte. Aber nichts geschah.

„Und was jetzt?", fragte Andi.

„Erst mal die Paletten untersuchen", schlug Smiley vor. Er rannte zu einem der Stapel, zückte sein Taschenmesser und schlitzte die Folie auf. „Papier", sagte er enttäuscht.

Der nächste Stapel: auch Papier. Der dritte, vierte, fünfte: „Fleischkonserven."

Stapel sechs, sieben, acht, neun: „Lackfarben oder irgend so was. Verdammt, Fehlanzeige!“

Andi, der sich sichtlich unbehaglich fühlte, meinte: „Mensch, Smiley, wenn wir uns irren! Beim nächsten Regenguss ist das Papier im Arsch, und wir sind schuld dran!“

„Ach, Quatsch, irren!“, sagte Smiley wegwerfend. „Los, vielleicht ist in einem von den Schuppen was.“

Der erste, das sahen sie durch die verstaubten Fenster, war völlig leer. Im zweiten türmten sich voll gestopfte Plastiksäcke bis unter die Decke.

„Sieht weder nach Zigaretten noch nach Maschinenpistolen aus“, sagte Andi. „O Mann, ich sag euch, das ist ’ne totale Pleite!“

„Jetzt hör schon auf mit dem blöden Gelaber!“ Smiley zeigte auf den dritten Schuppen. „Da sind die Fenster verhängt. Warum wohl? Los, kommt!“

Die Eingangstür des Schuppens war mit drei Riegeln gesichert.

„Na, was sagt ihr jetzt?“, grinste Smiley. „Da drinnen werden wir fündig. Was wetten wir?“

„Bloß rein kommen wir nicht“, wandte Steffi ein.

„Ach was, abwarten! Smiley macht das schon!“

Auf der Rückseite des Schuppens war eine

schmale Fensterklappe direkt unter dem Dach. Smiley ließ den widerstrebenden Andi noch einmal eine Feuerleiter machen und stellte sich darauf. Er schlüpfte aus seiner Jacke, wickelte sie um die Hand und holte aus.

„Nicht, das ist Einbruch!“, schrie Andi, doch Smiley hatte schon zugeschlagen. Die Scheibe splitterte. Smiley zog die Abdeckung beiseite, griff nach innen, fand die Verriegelung und drückte das Fenster auf.

„Hilf Steffi rein und steh Schmiere!“, rief er Andi zu, dann zwängte er sich durch den engen Spalt. Drinnen war es dunkel, aber er hatte eine Taschenlampe mitgebracht. Er knipste sie an und sah lange Reihen von Stellagen. An einer von ihr konnte er sich bequem herunterlassen. Als er unten war, erschien in der Fensteröffnung der Kopf seiner Schwester. Gleich darauf stand sie neben ihm.

„Hier drin ist heiße Ware“, stieß Smiley hervor. „Ich weiß es einfach!“ Steffi schluckte und nickte nur aufgeregt.

Die Regale waren von oben bis unten voll gestellt mit braunen Pappkartons, langen, schmalen Kartons ohne irgendeinen Aufdruck. Smiley zog einen heraus. An der Oberseite war er mit einem Klebestreifen verschlossen.

Er schlitzte ihn auf, klappte den Deckel zur

Seite und stieß einen Triumphschrei aus.

„Bingo! Zigaretten! Mensch, das müssen Millionen sein!“

„So ein Lump, dieser Overstolz“, murmelte Steffi erschüttert. „Der hat den ahnungslosen Trucker-Joe als Kurier missbraucht! Es wäre alles gut gegangen, wenn ihn die Habée in Bad Berneck noch mal betäubt hätte und das saubere Pärchen die Ladung ein zweites Mal umgetauscht hätte. Und falls was schief gegangen wäre, hätten sie einen prima Sündenbock gehabt. So ist es ja auch gekommen. Mensch, solche miesen Typen, ich fass es nicht!“

„Und wir sind ihnen mit Bob Marlboro auch noch voll auf den Leim gegangen“, bemerkte Smiley. „Wahrscheinlich haben sie sich halb totgelacht über uns. Aber wer zuletzt lacht, lacht am besten! Jetzt haben wir ...“

„Es kommt jemand!“, zischte Andi von draußen.

Eine Schrecksekunde lang standen die Geschwister starr, dann sprangen sie hinter eine der Regalreihen und kauerten sich nieder. Smiley knipste die Taschenlampe aus, der Raum versank in Dunkelheit.

„Hoffentlich war kein Licht zu sehen“, wisperte Smiley, der sich plötzlich weit weg in sein gemütliches Zimmer wünschte.

Steffi kam nicht mehr dazu etwas zu entgegnen. Schlüssel klirrten, eine Tür knarrte, Licht flammte auf.

„Ich muss schleunigst verschwinden“, sagte eine Stimme, die Smiley sofort als die von Overstolz erkannte. „Mein Laden ist pleite, jeden Tag kann der Gerichtsvollzieher antanzen. Und irgendwann hab ich auch die Bullen auf dem Hals. Besser ich verschwinde gleich, so lang sie mich noch nicht im Visier haben. Hast du deinen Schuppen ordentlich ausgenommen, Baby?“

Die Frau, die leise kicherte, musste Virginia von Habée sein.

„Und ob ich das habe! Die Umsätze der letzten vier Wochen, ohne Abzüge auf die Seite geschafft. Ist ’n hübsches Sümmchen, Liebling.“

„Bist ein braves Mädchen. Okay, dann laden wir den Truck voll und machen die Fliege. Zuerst nach Klagenfurt zu unserem Partner, die Ware versilbern, und dann ab mit dem Flieger nach Südamerika ... Vorher müssen wir aber noch den Dicken entsorgen. Verdammt, warum musste der mir heute in die Quere kommen!“

„Ich könnte mich ohrfeigen für meinen blöden Einfall, diesen Hornochsen als Kurier zu verwenden“, warf die Frau ein. „’N paar hunderttausend Mäuse flöten und beinah noch die ganze Tour vermasselt. Das verdanken wir alles bloß dem. Am liebsten würd ich ihm den fetten Hals umdrehen!“

Die Geschwister hörten, wie ein Streichholz angeratscht wurde, ein paar gierige Atemzüge waren zu hören, dann flog etwas Glühendes zu ihnen herüber.

„Bist du verrückt?“, schimpfte Overstolz. „Willst du die Bude in Brand stecken? Das kannst du meinetwegen machen, wenn wir die Ware eingeladen haben.“ Er lachte. „Gehört sowieso nicht mehr mir. Aber jetzt such die Fluppe, los!“

Angstvoll drückten sich die Geschwister an die Regale, doch nur Harry Potters Tarnumhang hätte sie vor dem Unvermeidlichen bewahren können.

Die Frau bog um die Ecke und stieß einen schrillen Schrei aus. Gleich darauf aber hatte sie sich wieder in der Gewalt.

„Sieh dir das an, Schatz“, rief sie. „Wir haben liebe Gäste!“

„Was???“ Overstolz stürmte um die Ecke, in der Hand eine Pistole. Als er die beiden Turbos sah, die auf dem Boden hockten und sich nicht zu rühren wagten, grinste er breit.

„Pfui Teufel, die heutige Jugend“, höhnte er und trat die glimmende Zigarette aus. „Miese

Schnüffler schon in der Pampersklasse. Pfui Teufel, sage ich."

Dann zuckte er gleichgültig die Achseln. „Egal, mir kommt's auf die Spesen nicht an. Ob ich einen umleg oder drei, ist mir wurscht."

Steffi wurde bleich, und Smiley fühlte sich, als ob ihm jemand in Magen und Luftröhre gleichzeitig einen Knoten gemacht hätte.

„Was machen wir jetzt?", hauchte er.

„Nix", flüsterte Steffi mit grimmiger Verzweiflung, „höchstens in die Hose." Dann nahm sie ihren ganzen Mut zusammen und sagte laut: „Sie sollten lieber schleunigst abhauen. Die Polizei ist nämlich schon auf dem Weg hierher." Und noch lauter fügte sie hinzu: „Bisher kommen Sie mit fünf, sechs Jährchen davon. Auf Mord steht lebenslänglich!"

Das musste Andi einfach gehört haben! Bitte, Andi. Lauf!, flehte sie innerlich. Hol die Polizei!

Doch Overstolz machte ihre letzte Hoffnung zunichte. „Du kannst ruhig brüllen, dumme Göre. Euern Freund hab ich schon längst auf Eis gelegt."

Also war auch Andi erwischt worden und sie waren dem skrupellosen Pärchen hilflos ausgeliefert.

„Da fällt dir wohl nichts mehr ein, was?", grinste Overstolz. „Das kommt davon, wenn

Kinder ihre Rotznasen in Dinge stecken, die sie nichts angehen."

Er überlegte einen Augenblick. „Ich sollte euch eigentlich sofort 'ne Kugel verpassen. Aber ich hab nun mal ein weiches Herz."

Er wandte sich an seine Freundin. „Wenn die beiden ordentlich mit anfassen, geht's schneller, oder?"

Die Barbesitzerin lächelte, es war ein eiskaltes, herzloses Lächeln. „Okay, lass sie arbeiten. Aber wenn sie nicht spuren, knallt's. Ohne Vorwarnung."

„Dann los", befahl Overstolz. „Wir beide und der Bengel beladen den Gabelstapler, die Göre stellt sich in den LKW und schichtet die Kartons schön ordentlich aufeinander. Aber Tempo, Tempo – und keine Tricks, sonst geht's euch wie dem andern Burschen, der gewagt hat aufzumucken."

„Haben Sie ihn umgebracht?", schrie Steffi entsetzt.

Overstolz lachte böse. „Noch nicht ganz, aber viel fehlt nicht mehr. Also – ihr wisst, was euch erwartet, wenn ihr nicht pariert. Und jetzt vorwärts!"

Er fuchtelte drohend mit der Waffe und trieb die Geschwister vor sich her ins Freie. Steffi musste in den Lastwagen klettern.

„Solltest du auf dumme Gedanken kommen“, warnte der Gangster sie, „ich hab das Bürschchen hier ständig vor meiner Kanone. Wenn du versuchst abzuhauen, servier ich ihn ohne Gnade ab, ist das klar?“

Steffi nickte stumm. Sie konnte kaum einen klaren Gedanken fassen. Was hatte der Verbrecher mit Andi gemacht?

Als er mit Smiley wieder im Schuppen verschwunden war, sah sie sich um und bemerkte, nachdem sich ihre Augen an das schwache Licht gewöhnt hatten, die Plane, unter der sich die Abrisse eines Körpers abzeichneten.

„Andi, geht's dir gut?“, flüsterte sie. Ein schwaches, undeutliches Grunzen antwortete ihr.

„Mein Gott, Andi, sag was! Bist du verletzt?“

Wieder das Grunzen. Komisch, das klang gar nicht nach Andi. Außerdem kam ihr der Hügel unter der Plane reichlich hoch vor. Plötzlich fiel ihr ein, was Overstolz gesagt hatte: „Den Dicken entsorgen ...“

Mit einem schnellen Blick vergewisserte sie sich, dass niemand sie beobachtete, dann lüftete sie die Plane ein Stück. Ein mächtiges Hinterteil wölbte sich ihr entgegen.

„Trucker-Joe!“, murmelte sie erleichtert, denn das bedeutete, dass Andi noch in Freiheit war. „Was ist passiert?“

Als ihr wieder nur ein Grunzen antwortete, begriff sie endlich. Während sie nach dem Gesicht des Dicken tastete, flüsterte sie hastig: „Ich mach dir jetzt den Knebel weg. Aber gib bloß keinen Pieps von dir! Sie haben Smiley und legen ihn um, wenn ich irgendwas unternehme, klar?"

Das Grunzen bedeutete wohl, dass er verstanden hatte. Steffi fühlte das Klebeband über seinem Mund, pulte ein Ende davon los und riss es dann mit einem Ruck herunter. Ein grollendes „Au!" und ein erleichtertes Keuchen folgten.

„Warte, ich versuch dich loszubinden." Steffi fummelte an den Knoten herum, sie waren eisenhart. Aussichtslos, sie bei dem schlechten Licht aufzubekommen.

„Keine Chance", flüsterte sie. „Achtung, sie kommen! Bleib still liegen, vielleicht fällt mir noch was ein!"

Mit brennendem Scheinwerfer rollte der Gabelstapler auf den Truck zu und hielt. Über die Gabel war eine große Spanplatte gelegt, auf der sich jede Menge Zigarettenkartons türmten. Auf der vordersten Kante stand Smiley, Overstolz lenkte mit einer Hand, in der anderen hielt er die Pistole.

Langsam hob sich die Gabel mit ihrer schwankenden Last, bis sie sich in Höhe der Ladefläche befand. „Los, abladen, aber flott!“, befahl Overstolz.

Schweigend gehorchten die Geschwister und schaufelten die Ladung ins Wageninnere. Dumpf polterten die Kartons auf das Bodenblech.

„Gib mir dein Messer“, hauchte Steffi kaum hörbar.

„Wozu das denn?“, gab Smiley ebenso leise zurück.

Verdammt, konnte der Blödmann nicht einmal tun, was man ihm sagte?

„Das Messer!!! Lass es einfach zwischen die Kartons fallen!“

„Was habt ihr da zu quatschen?“, knurrte Overstolz barsch. „Seid ihr scharf auf ’ne Kugel?“

Das Messer plumpste auf einen Pappkarton, dann schlug es mit leisem Scheppern auf dem Boden auf.

„Verdammt, meine Uhr“, fluchte Smiley. „Das Armband geht immer auf.“

Overstolz schluckte den Bluff. „Lass die blöde Uhr, zum Teufel! Beeilt euch lieber!“

Schnell zogen die Geschwister die letzten Schachteln in den Laderaum, das Messer befand sich in Steffis Hosentasche.

Kaum waren Smiley und Overstolz mit dem Stapler wieder im Schuppen verschwunden, holte sie es hervor und zerschnitt Trucker-Joes Fesseln.

„Hier“, sagte sie dann und drückte ihm das Messer in die Hand. „Aber unternimm bloß was, wenn du sicher bist, dass er uns nicht mehr drankriegen kann!“

„Geht klar“, versprach Trucker-Joe und fügte grimmig hinzu: „Aber dann mach ich ihn platt!“

Geraume Zeit später war der LKW von oben bis unten mit den Zigarettenkartons beladen, nur eine kleine Lücke war noch frei, in der Trucker-Joe regungslos unter der Plane lag.

Steffi und Smiley mussten ins Führerhaus klettern. Dort saßen sie eingezwängt zwischen Overstolz und seiner Komplizin. Während der Gangster den Motor startete, hatte Steffi nur einen Gedanken: Wo war Andi?

In letzter Sekunde

Andi hockte hinter einem Palettenstapel und hörte voller Entsetzen, wie Steffi im Inneren des Schuppens etwas von „Mord“ und „lebenslänglich“ schrie. Sie waren also erwischt worden! Was, um Himmels willen, sollte er tun?

Die Polizei holen? Das würde Gott weiß wie

lang dauern, bis dahin waren die Gangster womöglich längst über alle Berge, er durfte ihre Spur auf keinen Fall verlieren, sonst waren Steffi und Smiley in höchster Gefahr. Lieber erst mal abwarten, vielleicht konnte er selbst irgendwas unternehmen, aber was, was, was?

Andi konnte kaum einen klaren Gedanken mehr fassen, sein Herz pochte wie rasend.

Mühsam zwang er sich zur Ruhe. Er sah, wie die Geschwister mit vorgehaltener Waffe zum LKW getrieben wurden, sah, wie mit dem Gabelstapler Hunderte, wenn nicht Tausende von Kartons in den Truck geladen wurden.

Jetzt ließ Overstolz die Plane herunter und verschnürte sie, gleich darauf erlosch das Licht des Gabelstaplers.

Die Ladung war verstaut, jetzt brauchte er Steffi und Smiley doch nicht mehr, jetzt konnte er sie doch laufen lassen!

Lass sie gehen, du Schweinehund! Andi ballte die Fäuste. Lass sie gehen! Er strengte seine Augen an, um die Dunkelheit zu durchdringen. Da, das miese Schwein zerrte Smiley zum Truck, die Frau hatte Steffi am Arm gepackt und schob sie vor sich her. Gleich darauf waren sie bis auf Overstolz im Führerhaus verschwunden, der zum Tor lief, es öffnete und dann ebenfalls in den Wagen stieg.

Donnernd und rauchend sprang der schwere Diesel an, die Scheinwerfer flammten auf.

Andi sprintete los, ohne zu überlegen. Gerade setzte sich der Truck langsam in Bewegung, als er ihn erreicht hatte. Er schnellte nach vorn, fand Halt auf dem schmalen Trittbrett unter der Ladefläche, klammerte sich an der Verschnürung fest, bis er sicheren Stand hatte.

Immer noch rollte der Truck im Schritttempo.

Jetzt! Ein verzweifelter Sprung senkrecht nach oben, Andis Hände glitten über die Dachkante, krallten sich fest. Eine Sekunde lang hing er an den ausgestreckten Armen, dann hievte er sich mit letzter Kraft nach oben und lag mit jagendem Puls und pfeifendem Atem ausgestreckt auf dem Dach.

Mit mäßiger Geschwindigkeit fuhr der LKW durch die Nacht, Richtung Südstadt.

Allmählich ging Andis Atem ruhiger, seine verkrampften Glieder entspannten sich. Er hatte es geschafft, niemand hatte ihn bemerkt.

Doch sein Hochgefühl hielt nicht lange an. Es war kalt auf dem Wagendach, der Fahrtwind zerrte an ihm und fuhr ihm durch die Kleider, er begann erbärmlich zu frieren.

Er unterdrückte die aufkommende Panik und zwang sich, ruhig zu überlegen, was er unternehmen konnte.

Winken und schreien, wenn ihnen andere Autos entgegenkämen? Ausgeschlossen, das Risiko war viel zu groß, dass man ihn im Führerhaus hörte. Ja, wenn er James Bond wäre, dann würde er jetzt zur Fahrertür kriechen, sie öffnen, die Verbrecher k. o. schlagen, aus dem Wagen werfen und sich selbst hinters Steuer setzen.

Doch er war nicht James Bond, bloß Andi Wallner, dreizehn Jahre alt, frierend und am Ende seiner Kraft.

Unruhig rutschte er auf dem Planendach hin und her, da drückte etwas schmerzhaft in seine Seite.

Was war er doch bloß für ein Idiot! Die ganze Zeit hatte er die Lösung des Problems in der Tasche gehabt: Sein Handy! Die ganze Zeit, während er hinter der Palette gehockt hatte, hätte er bloß das verdammte Handy aus der Tasche ziehen und eine Nummer wählen müssen. Irgendjemand hätte ihm schon geholfen. Aber nein, er lag lieber auf Autodächern herum, anstatt seinen Grips zu gebrauchen!

Aber noch konnte er seine Blödheit wieder gutmachen. Wen sollte er am besten anrufen? Sauerbiers Nummer hatte er nicht. Blieb der Notruf: 110. Hallo, liege hier auf dem Dach eines LKWs, in dem sich zwei gefährliche Verbrecher befinden, die zwei Kinder als Geiseln genommen haben!

Er hörte förmlich die Stimme des wachhabenden Polizisten: Auf dem Dach eines Lastwagens? Ja, ich habe verstanden. Ruf in drei Tagen wieder an, dann schick ich dir einen Panzer vorbei. Und jetzt hör auf, die Polizei zu verarschen!

Nein, so ging es nicht, er hatte nur eine Möglichkeit.

Vorsichtig zog er das Handy heraus. Ein-Taste: Das Display leuchtete auf. Pin-Code: Okay. Menu, Telefonbuch, Suchtaste: Werkstatt, okay, Rufaufbau.

Bitte geh ran, Terminator! Bitte!!! Rufzeichen, Rufzeichen, Rufzeichen, da – fast hätte Andi geheult vor Erleichterung: „Auto-Blechschmidt, Schumacher am Apparat."

„Ich bin's, Andi", flüsterte Andi. „Ich lieg auf dem Dach eines Trucks."

„Was???"

„Hör zu, bitte! Im Truck sitzt Overstolz mit seiner Freundin, der Barbesitzerin. Sie haben Smiley und Steffi bei sich. Overstolz ist bewaffnet. Wir haben eben den Siebensternplatz überquert und biegen jetzt in die äußere Nürnberger Straße ein – stadtauswärts. Sieht so aus, als ob Overstolz auf die Autobahn will."

Terminator lief ein kalter Schauer über den Rücken. „Verdammter Mist“, krächzte er. „Ich mach mich sofort startklar. Wart einen Augenblick, ich ruf dich gleich zurück!“

„Halt, nicht, das funktioniert nicht“, flüsterte Andi verzweifelt. „Wenn Overstolz das Rufzeichen hört …“

„Nicht bei Fahrtwind und Motorlärm. Leg den Finger auf die Empfangstaste und drück sofort! Hast du das Kennzeichen?“

„NHS – F 755.“

„Okay, bis gleich!“

Terminator legte auf und schnappte sich das Handy aus der Werkstatt. Dann zögerte er einen Moment, griff in eine Schublade und holte die Wasserpistole heraus, die Smiley bei Bob Marlboro erstanden hatte. „Sicher ist sicher“, brummte er.

Im Hof startete er die Granate und rief Andis Nummer auf. Andi meldete sich augenblicklich.

„Terminator? Du, das mit der Autobahn war falsch. Overstolz fährt Richtung Fränkische Schweiz. Wir sind jetzt kurz vor Buxbach.“

„Ist in Ordnung. In ein paar Minuten bin ich hinter euch. Bleib in der Leitung und sag mir sofort, wenn ihr abbiegt! Auf der Landstraße ist wenig los, ich muss Abstand halten.“

Oh, wie tröstlich war es, die tiefe Stimme Terminators zu hören, der ihm laufend seine Position durchgab.

Trotzdem wandte Andi ständig den Kopf, um zu sehen, ob der Freund nicht schon hinter ihm auftauchte.

Der Truck fuhr jetzt ziemlich schnell. Die Straße führte in weiten Bögen durch Felder und Wiesen und war gut einsehbar.

Wie eine Ewigkeit dehnten sich Minuten und Sekunden. Dann – endlich: „Ich bin jetzt ein paar hundert Meter hinter euch. Ich sehe eure Rücklichter. Bleib ganz ruhig, Kumpel!"

Andi genoss das Gefühl grenzenloser Erleichterung. Terminator war da – was sollte jetzt noch passieren?

Ahornberg – Vordereichenreuth – Misteldorf.

„Wir sind jetzt am Bahnübergang", flüsterte Andi. „Fahr nicht zu dicht ran. Die Lichter blinken, er muss halten, die Schranke senkt sich scho... verdammt, der Scheißkerl brettert durch!"

„Keine Panik", beruhigte ihn Terminators Stimme. „Beschreib einfach genau, wie ihr fahrt! Ich bin gleich wieder in der Nähe."

„Rechts ab – Straße nach Rötzberg. Führt mitten in den Wald." Andi konzentrierte sich. „Jetzt wird er langsamer, er biegt wieder ab, wieder nach rechts, Teerstraße, aber kein Ortsschild mehr ... doch, da steht was, ein weißes Schild, Aufschrift ‚Rötzbachquelle'."

„Gut so, Junge, mach einfach weiter! Ich bin über die Bahn drüber."

„Ungefähr fünfhundert Meter, schätz ich, dann kommt links ein großes, blaues Schild: Wasserschutzgebiet. Ahornwald rechts und links. Jetzt Nadelbäume. Eine Wegkreuzung. Er biegt links ab. Kein Asphalt mehr, bloß zwei Fahrspuren. Achtung, er hält an!"

„Okay, ich hab euch", sagte Terminator hastig. „Ich schalt jetzt ab, muss die Polizei anrufen. Behalt die Nerven, Andi, ich bin gleich da!"

Andi drehte den Kopf. Für Sekundenbruchteile sah er ein Licht aufblitzen, dann erlosch es.

Der Motor des Trucks wurde abgestellt, einen Moment lang herrschte völlige Stille. Die aufgeblendeten Scheinwerfer leuchteten weit in den Wald hinein, Insekten tanzten aufgeregt im gleißenden Lichtstrahl.

Dann öffnete Overstolz die Fahrertür und sprang auf den weichen Waldboden. Andi streckte sich flach auf dem Wagendach aus und presste das Gesicht auf die Plane. Er wagte kaum zu atmen.

„So, dann wollen wir mal unser kleines Problem beseitigen", sagte Overstolz mit einer

Stimme, die so kalt war, dass Andi erschauderte.

„Raus mit euch, und dann an die Laderampe, mit erhobenen Händen!“

Zaghafte Schritte tappten über den Boden. O mein Gott, was mussten die beiden für eine Angst haben!

„Bring die Stricke, Virginia!“

Gleich darauf hörte Andi die höhnische Stimme der Frau. „Das wird euch Spaß machen, ein paar lauschige Tage im Wald zu verbr…“

Weiter kam sie nicht. Ein hünenhafter Schatten jagte mit Riesensätzen heran, eine mächtige Stimme donnerte: „Rührt euch nicht von der Stelle, oder ich ramm euch ungespitzt in den Boden! Smiley und Steffi, lauft!“

Terminator!

Andi richtete sich auf. Er sah, wie der Gangster blitzschnell in sein Jackett greifen wollte, doch da wurde ihm schon eine große, schwarze Pistole unter die Nase gehalten. Er erstarrte in der Bewegung und hob dann langsam die Hände. Seine Freundin tat es ihm nach. Smiley und Steffi verschwanden in der Finsternis.

„So, meine Lieben“, sagte Terminator. „Jetzt werden, wie man so schön sagt, die Karten neu gemischt. Overstolz, zurück an die Plane, Sie ebenfalls, verehrte Dame!“

Leider unterlief ihm, während er das sagte, ein kleiner Fehler. Er kam nämlich an den Abzug der Pistole. Ein kräftiger Wasserstrahl spritzte Overstolz ins Gesicht.

Der zuckte zusammen, dann glitt ein wahres Haifischlächeln über sein Gesicht. Ehe Terminator reagieren konnte, hatte er schon seine eigene Waffe gezogen.

„Die ist echt", feixte er. „ Und, wie du schon sagtest, mein großer Freund, jetzt werden die Karten neu gemischt!"

Mit einem wütenden Schrei ließ sich Andi vom Wagendach herab auf den Verbrecher fallen. Doch der reagierte gedankenschnell, packte den Kopf des Jungen und hielt die Pistole dagegen.

„Schluss mit den Faxen jetzt", knurrte er und fügte verächtlich hinzu: „Amateure! Was glaubt ihr eigentlich, wen ihr vor euch habt?"

Niemand hatte während des Tumults bemerkt, dass direkt über Overstolz eine schmale Klinge durch die Plane gedrungen, fast lautlos erst nach oben, dann nach links und schließlich nach unten geglitten war und drei Seiten eines Vierecks aus dem mürben Stoff geschnitten hatte.

Unendlich langsam wurde das Stück nach unten geklappt. Eine Faust von der Größe einer

Schweinshaxe erschien in dem dunklen Ausschnitt und hob sich.

„Passt auf, was ich jetzt mit euch mache, ihr Anfänger“, sagte Overstolz.

Mit der Wucht eines Vorschlaghammers sauste Trucker-Joes Faust auf seinen Schädel nieder. Ohne einen Mucks sackte er zusammen.

„Der Typ redet zu viel“, sagte Trucker-Joe, schnitt die Plane von oben bis unten durch und zwängte sich ins Freie.

„Na, den Fall haben wir doch ganz gut gelöst, was, Kumpel?“ Er zwinkerte Terminator zu und setzte seinen Fuß auf Overstolz’ Brust wie ein Großwildjäger den seinen auf den Leib eines erlegten Löwen. „Der Bursche wird ’ne Zeit lang ziemliche Kopfschmerzen haben.“

Virginia von Habée hatte das allgemeine Durcheinander genutzt, um sich still und heimlich aus dem Staub zu machen. Über den Weg, den die immer noch brennenden Scheinwerfer des Trucks erhellten, huschte sie davon.

Doch Steffi und Smiley, die im Schutz einiger Bäume das ganze Geschehen atemlos beobachtet hatten, bemerkten sie und eilten hinterher.

Ein paar hundert Schritte führte der Weg noch in den Wald hinein, dann endete er plötzlich, direkt am Rand eines schwarzen Tümpels.

Die Gangsterin stoppte, fuhr herum und entdeckte die Geschwister. Wütend fauchte sie, griff in ihre Handtasche und holte ein kleines Schnappmesser hervor. Die Klinge glitzerte im Scheinwerferlicht.

„Kommt nur her“, zischte sie kampflustig.

Da traf sie ein Hagel von schweren, nassen Fichtenzapfen. Sie kreischte auf, ließ das Messer fallen und hielt schützend die Hände vors Gesicht.

In immer rascherer Folge prasselten die Wurfgeschosse auf sie nieder. Sie machte einen Schritt nach hinten, trat ins Leere und fiel mit lautem Platschen in den Tümpel.

Als Steffi und Smiley sie gleich darauf triefend und stinkend aus dem morastigen Wasser gezogen hatten, dachte sie nicht mehr an Widerstand.

Wenig später wimmelte es auf dem stillen Waldweg nahe der Rötzbachquelle von Polizisten und Reportern.

Das Gangsterpärchen saß, liebevoll vereint durch ein unzerreißbares stählernes Band, auf dem Rücksitz eines Streifenwagens.

Ein sichtlich verlegener Kommissar Sauerbier trat, gefolgt von Natascha Kraushaar, auf die Turbos und Trucker-Joe zu.

„Tut mir Leid“, sagte er und streckte dem

Fernfahrer die Hand hin, „ich habe mich geirrt. Aber vielleicht kann ich es wieder gutmachen. Overstolz ist pleite und wandert in den Knast, Ihr Job ist also flöten. Mein Bruder arbeitet in einer Brauerei, der kann Sie vielleicht brauchen. Als Bierfahrer. Wär das was für Sie?“

„Und ob, Herr Kommissar“, strahlte Trucker-Joe, „vor allem, wenn da auch mal ’n Kasten für mich abfällt.“

„Na, schön“, sagte Sauerbier und runzelte die Stirn. „Außerdem können Sie dann in Ruhe abbezahlen, was Sie alles zu Kleinholz geschlagen haben.“

Er wandte sich an die Turbos. „Und mit euch“, er grinste plötzlich, „rechne ich später ab. Beim nächsten Fall.“

Als die Reporter ihre Fotos im Kasten hatten, als Polizisten und Gangster sich samt Trucker-Joe auf dem Rückweg nach Neuhausen befanden, zwängten sich die Turbos auf die Rückbank der Granate, Natascha setzte sich auf den Beifahrersitz.

Terminator drehte den Zündschlüssel, orgelte vier, fünf Sekunden, nichts tat sich. Er versuchte es ein zweites, drittes, viertes Mal, der Motor sprang nicht an.

„O verdammt, verdammt!“, murmelte er mit einem ängstlichen Seitenblick auf Natascha.

Aber die ließ sich heute nicht aus der Ruhe bringen. „Lass mich mal“, sagte sie nur.

Ergeben tauschte Terminator mit ihr den Platz.

Natascha redete liebevoll auf die Granate ein, streichelte sanft das Armaturenbrett, startete.

Schnurrend sprang der Motor an.

Wie vom Donner gerührt saßen die Turbos und Terminator da.

Natascha gab behutsam Gas und sagte lächelnd: „Ich fahre, du Holzklotz! Du wirst es nie lernen, mit diesem wunderbaren Auto richtig umzugehen!“

Der TURBO-CLUB

VON
HARALD PARIGGER

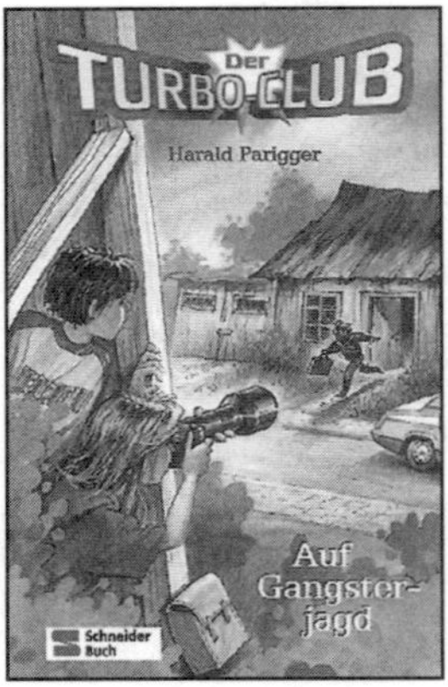

Auf
Gangsterjagd
(Band 1)

Angriff der
Schwarzen Vier
(Band 2)

Crash auf dem
Nürburgring
(Band 3)

Trucker-Joe
sieht rot
(Band 4)